Wiglaf Droste

Kafkas Affe stampft den Blues

Wiglaf Droste

Kafkas Affe stampft den Blues

Philipp Reclam jun. Stuttgart

RECLAM TASCHENBUCH Nr. 20139

Umschlaggestaltung: büroecco!, Augsburg,
unter Verwendung eines Bildes von Nikolaus Heidelbach, Köln
Gesamtherstellung: Reclam, Ditzingen
Printed in Germany 2007
RECLAM ist eine eingetragene Marke
der Philipp Reclam jun. GmbH & Co., Stuttgart
ISBN 978-3-15-020139-8

www.reclam.de

für Björn Blaschke
und Ingo Malcher

Existentialismus heute

Der Spätsommer ist die Zeit des Dorffestes – mal richtet die Freiwillige Feuerwehr das aus, mal ein Sportverein, und immer ist es die identische Tristesse aus Bratwurst, schlechter Musike und Getränken, die erst zu sich genommen und später von sich gebrochen werden müssen. Da ich vom Dorf komme, vom Kaff, kenne ich das gut: Männer, die breite Spuren Saures hinter sich her ziehen beim nächtlichen Verlassen des Festplatzes. Je nach Mode waren die Spuren von Persico, Apfelkorn oder anderen Vergiftungsgaranten zu bestaunen. Für eine amtliche dörfliche Sozialisation wird das als unverzichtbar erachtet, und später, bei der jährlichen Wiederholung, gilt es dann als Tradition, die man ja pflegen soll.

Um ordentlich in Schwung und Stimmung zu kommen, ist Musik vonnöten – bevorzugt die von früher, als man jung war, da kann man dann sentimental werden. Auf dem Dorf altert man schnell, die Ehe rumpelt vor sich hin, das Idyll existiert nur in den Augen der Fremden – für die Einheimischen ist das Leben eine Mischung aus Ereignislosigkeit, Geldknappheit, Konvention und Langeweile.

Matt schleppt sich alles zum Dorffest, die Kinder immerhin finden es wirklich aufregend – so lange, bis der für die Musikbeschallung zuständige Mann die Walzerstunde für die Älteren einläutet. Später, im Dunkeln, spielt er dann die Hits von damals. In der ehemaligen Bundesrepublik sind das vor allem englische und deutsche Schreckensschlager, im deutschen Osten ist es das gehobene deutschsprachige Unterhaltungslied aus DDR-Zeiten. Das macht die Sache aber nicht besser.

Das Lied, das auf einem mecklenburgischen Dorffest

Furore macht, heißt »Jugendliebe«, gesungen wird es von Ute Freudenberg und der Gruppe Elefant, was in der DDR, wie ich erfahre, zu Ute Elefant zusammengezogen wurde. Ich weiß nicht, wie es ist, wenn man mit diesem Lied aufwuchs – ich weiß nur, wie es sich anfühlt, wenn man dieses Lied im Alter von 43 Jahren zum ersten Mal hört. »Er traf sie wieder, / viele Jahre sind seit damals schon verga-ha-hangen / Sieht in ihre Augen, / und er denkt zurück: Wie hat es angefa-ha-hangen?«, singt Ute Elefant.

Die Augen der erloschenen Paare werden noch einmal feucht, der musikalkoholische Knopfdruck hat funktioniert, manche Hand findet einen Weg in eine andere hinein, um eine stämmige Schulter herum oder auf einen massigen Hintern hinab. Das Lied schaukelt sich hoch zum Refrain: »Jugendliebe bringt / den Tag, wo man beginnt, / alles um sich her ganz anders anzusehn, / Ha-Ha, Lachen treibt die Zeit, / die unvergessen bleibt, / denn sie ist traumhaft schö-hö-hö-hön.«

Es ist billig, das Grauen mit Distanz und Ironie wahrzunehmen. Man muss es ungefiltert durchstehen. Sich in eine gehübschte Vorstellung vom Leben verknallen kann jeder, das ist Hüchel. Das Land und seine Bevölkerung vor Augen und Ute Elefant in den Ohren haben, das ist Existentialismus heute, das ist der Mythos von Sisyphos, das ist Camus und der Mensch in der Revolte. Nicht ausweichen, die volle Dosis Elend nehmen, die ganze Portion, bis zur Neige, und dann sagen: Ja, ich will – das ist Leben.

Wenn Männer zu sehr flennen

Als ich von einer MDR-Rundfunkredakteurin um eine Glosse zum »Internationalen Tag des Mannes« gebeten wurde, dachte ich: Die will mich veräppeln. Einen »Internationalen Tag des Mannes«, da war ich mir sicher, kann es nicht geben. Es gibt dafür nicht den geringsten Grund. Der zwar längst zur Folklore herabgesunkene Frauentag ist plausibel und erinnert vernünftigerweise daran, dass Rechte erkämpft werden müssen – ein »Internationaler Tag des Mannes« aber ist nur ein schlechter Witz.

Den es nichtsdestotrotz gibt: Seit dem Jahr 2000 wird er am 3. November begangen. Die *Gorbatschow Foundation* hat das, weil sie so intelligent ist wie ihr Namensgeber, forciert und durchgesetzt. Beheulsust wird unter anderem die Tatsache, dass Männer statistisch früher sterben als Frauen. Dabei sollten die meisten Kerle, so wie sie sind und leben jedenfalls, doch froh sein, wenn sie es eher hinter sich haben und die Freude darüber nicht allein ihren Frauen überlassen.

1980, mit 19, bekam ich einen Männerkalender geschenkt. Irgendwelche Sackgesichter aus Berlin und Köln machten sich mit der Selbstverständlichkeit, dass auch in ihnen Gefühle zuhause sind, furchtbar wichtig. Das Elend des Männerselbstmitleids kulminierte später im Lied »Männer« von Herbert Grönemeyer; er stellte die bei Joe Jackson gestohlene Frage, was denn ein richtiger Mann sei, auf grönemeyerisch ungelenke Art: »Wann ist ein Mann ein Ma-ha-hann?« Wenn er genau diese Sorte Taschentuchinhalt meidet, schätze ich.

Männlichkeit hat nichts mit Krankheiten wie Waffen sammeln, Tiere totschießen, Gitarrismus, Computerzeitschriften lesen und dauernd Sport machen zu tun, auch wenn die davon befallenen Seelenkrüppel nicht müde werden, das zu behaupten. Mit den meisten Männern ist es wie mit den meisten Frauen: Sie bestehen aus Angst und Angstüberspielung, und deswegen hat mit ihnen alles keinen Zweck. Wenn die schöne Regel gälte, dass jeder, der sich selbst nicht als den ansehen kann, der er wirklich ist, das Antlitz der Erde mit seinem Anblick zu verschonen hätte, lebten wir auf einem paradiesisch bevölkerungsarmen Erdball.

Männer sind nicht per se dümmer als Frauen, sie sind es nur, wenn sie es sind, meist auf aggressivere, brüllend lautere und selbstgefälligere Weise. Um das zu wissen, braucht man keine Sex/Gender-Forschung – es genügt ein geschultes Ohr. Für die Fernsehsorte Mensch muss es das vergleichsweise schwache, bestechliche Auge richten.

Sich mit der Tatsache seines physischen Geschlechts aufzuspielen ist armselig und erbärmlich. Die Zauberworte heißen Natürlichkeit, Klugheit, Selbstverständlichkeit, Großzügigkeit, nichtverlernte Fünfjährigkeit, Warmherzigkeit, Mitgefühl, Leidenschaft, Flauschigkeit – alles eben.

Es geht um individuelle, nicht normierte musische Anmut von Körper, Seele und Geist – und um den Humor, damit fertig zu werden, diesem Ideal meist nur im Rahmen seiner Möglichkeiten zu entsprechen. Die wichtigste Regel für einen Mann aber ist diese:

Sitz der Seele ist die Möse
Ohne Liebe wird sie böse.

Wer das verstanden hat, ist nicht ohne Chance, als ganzer Mensch leben und abtreten zu dürfen. Einen »Internationalen Tag des Mannes« indes braucht niemand.

Take a Nordic Walk on the Wild Side

ARGLOS SCHLENDERTE ICH die Straße entlang, als sie mir entgegenkamen: Drei vermittels Sportkleidung brutal aufgerüstete hinfällige Damen, Skistöcke in den Fäusten, stapften übers Kreuzberger Trottoir und ruckten mit den Armen. Skier hatten sie keine unten dran, es lag ja auch kein Schnee. Spukhaft zischten sie an mir vorbei, einen olfaktorischen Schweif aus Nivea, Omischweiß und Franzbranntwein hinter sich her ziehend.

Ein halbes Leben in Berlin hat mich exzellent darauf vorbereitet, jede Form von Verrücktheit für selbstverständlich zu halten. Sogenanntes abweichendes Verhalten ist nichts Besonderes. Menschen, die sich stundenlang mit Litfasssäulen streiten, mögen ein irritierender oder betrüblicher Anblick sein, eine auffällige Seltenheit sind sie hier nicht. Anders als unter Verrückten ist Leben ohnehin nicht möglich; das Grauen ist immer dort, wo es als Normalität ausgeschenkt wird.

Es war also kein Abwehrreflex gegen das Unbekannte, der mich angesichts der bestockten Damen Grusel empfinden ließ. Wie sie so durch die abgasgesättigte Straßenschlucht tackerten, verströmten sie eine Mischung aus Frisch, fromm, fröhlich, frei, *fit for fun* und Kraft durch Freude. Eine unerbittliche Durchgerungenheit ging von ihnen aus. Aber wozu hatten sie sich entschlossen? Vom Grundrecht auf Blamage hatten sie mit Sicherheit noch niemals gehört, machten aber umstandslos von ihm Gebrauch. Sie waren nicht verrückt, sie waren grotesk normal.

Wald und Flur verstopfen die Stöckeschwinger ohnehin seit Jahren, und immer sind sie, wie ihre nächsten und einzigen Verwandten, die Christen, im Pulk unterwegs und singen »you'll never nordic walk alone«. Busladungsgroße Rudel torkeln durch die Restnatur, und das ganze Jahr haben die Nordic Walker Schonzeit. Auch auf den deutschen Jäger ist kein Verlass mehr.

Der einfache Spaziergänger dagegen, der beschaulich schlendern will, stirbt aus. Er bringt nichts ein, weder der Freizeittextil- noch der Skistockindustrie, die, einst von der Erfindung des Snowboards in die Krise gestoßen, nun am Nordic Walker gesundet.

Alle Versuche der Profiteure des Nordic-Walking-Booms, die Rechte an Lou Reeds »Take a Walk on the Wild Side« für Werbezwecke an sich zu bringen, schlugen bisher fehl. Marius Müller-Westernhagen dagegen hat seinen »Johnny Walker«-Hit bereitwillig umgeschrieben und singt auf Motivationsveranstaltungen: »Nordic Walker, du bist mein bester Freund ...« Seinem mit ihm alt gewordenen, im Kopf stark kalkhaltigen Publikum gefällt das sehr, und manchmal fährt dieser Prägeriatrie noch der good old Spießer-Rock'n'Roll ins morsche Knochengerüst: »I like the way you nordic walk, I like the way you brabbeltalk ...« Römische Feldherren, die sich unrühmlich betrugen, stürzten sich in ihr Schwert und geben Nordic Walkern damit ein tadelloses Vorbild.

Nordic Walking ist der Sport des organisierten Gebrechens. Mancher Nordischgeher indes ahnt, wie es um ihn steht. In der Chemnitzer Fußgängerzone begegneten mir zwei besonders ausgelatschte Exemplare. Sie ließen ihre Stöcke, die in Schlaufen von ihren Handgelenken herabbaumelten, hinter sich her schleifen. Ihre Waffen hatten sie schon gestreckt. Bald würden sie ihnen folgen.

Ja der Wahnsinn, ja der Franz

Beckenbauer zum 60. Geburtstag am 11. September 2005

Ja der Franz. Auch der Waldi, sicher, der Johannes, der Reinhold, der Wolf-Dieter, der Steffen, der Gerhard-mit-Günter. Vor allem und allen aber: der Franz.

60 der Franz. Ja der Wahnsinn. Am 11. September. Elfterseptember? New York? – Genau: Cosmos New York. Der Franz. Der Kaiser. Die Lichtgestalt. Trifft Rudolf Nurejew. In New York. Hasenpfote legt ihm Hand aufs Bein. Dem Franz. Echt mal jetzt. Trotzdem »gute Freunde geblieben«. Hat der Franz selbst geschrieben. 1992, in »Ich, wie es wirklich war«.

Auch HSV-positiv, Bayern München, Robert Schwan, Die-Suppe-gibt-Kraft-Reklame, der Tod ist ein Deutscher Meister, Pokal, Weltmeister, die Schale, der Pott, alles. Kurze Hosen, lange Haare. Kein Cruyff, der Franz. Aber der Franz. Der Franz!

Autobiographien: »Einer wie ich«, 1975. 17 Jahre später die zweite: »Ich, wie es wirklich war.« Mit 45 Prozent mehr Franz. Wieder 13 Jahre später ein neues Franz-Buch, mit noch mehr Franz: »Franz Beckenbauer. Der freie Mann.« Von Torsten Körner. Scherz Verlag 2005. Aber ernst gemeint.

Auch privat ganz doller Hecht. Fünf Kinder von sieben Frauen. WM 2006 nach Deutschland gekauft. Kann mobil telefonieren, der Franz. Der Franz! Ja der Wahnsinn. Ich, wie es wirklich war.

Kann nicht aufhören, der Franz. Deshalb Nachgeburt. Nachgeburt? Hermine Huntgeburth? Wiedergeburt! Vom Franz. Jawohl. Wird wiedergeboren, der Franz. Aber hallo.

In einem Leben für zehn nerven reicht nicht. Also kommt er wieder, der Franz – als Pflanze, als Baum. Sagt er selbst, der Franz. In Interviews. Sagt er gern. Sagt er oft. Mein Freund der Baum. Wie Alexandra sang: Mein Freund der Franz. Und dann mit dem Auto davor, mit Karacho voll in den Freund. Nicht der Franz. Die Alexandra. Damals. In den Sechzigern. Was für Zeiten. Ja der Wahnsinn.

Bild. Bild ist Franz, Franz ist *Bild*, ohne *Bild* kein Franz. In *Bild* der Ganzfranz. Der Ich-kann's-Franz. Der gütige Franz. Der Ich-habe-durchaus-auch-Humor-Franz. Aber auch der Machtwort-Franz. Der Jetzt-ist-Vater-böse-Franz. Der Wer-abgreifen-will-muss-auch-durchgreifen-Franz. Der Den-scheiß-ich-zusammen-Franz. Der Intriganzfranz. Der Ich-geh-jetzt-petzen-Franz. Der Aufmandelfranz. Wie in der Mannschaftskabine. Wie immer. Der Franz.

Im TV der Ölprinz-Grins-Franz, der »Schaase« sagt statt Chance. Der Gelee-in-Aspik-Franz, der Rasierapparatereklame-Franz, Der Ich-kann-Golf-und-Ski-und-Wandern-und-bin-schöner-als-die-andern-Franz. Der einsame Entscheider, der Teamchef. Der Wo-ich-bin-ist-vorne-Franz. Der DFB-heißt-Dich-fickt-Beckenbauer-Franz. Der Ölige, der Grundkorrupte. Der Liebling nicht der Götter, nur der Deutschen.

Beckenbauer sechzig. Welche Verschwendung. Ja der Wahnsinn. Ich, wie es wirklich war. Ja der Franz. Auch der Waldi, sicher, der Johannes, der Reinhold, der Wolf-Dieter, der Steffen, der Gerhard-mit-Günter. Vor allem und allen aber: der Franz.

Wie spricht man im Neandertal? / »Servus« und auch »Schau' mer mal«.

Kalt duschen soll helfen

Reinhold Messner und die Wüste in ihm

Mit Franz Beckenbauer verbände Reinhold Messner, wenn das Wort in diesem Zusammenhang nicht so vollendet sinnlos wäre, eine Geistesverwandtschaft. Einer altruistischen Eingebung folgend, lud ich mir Messners Buch »Gobi« auf und las es – für alle, die es deshalb nicht mehr lesen müssen. So wurde ich zu einem Kurzzeitjesus; als ich mit den 265 Seiten und den zahlreichen Fotos des Autors fertig war, stöhnte ich: »Es ist vollbracht!« Und sagte aber auch: »Vater, vergib ihm auf gar keinen Fall!«

»Die Idee, die Wüste Gobi zu durchqueren, kam mir erstmals nach dem Alleingang am Mount Everest. Höher konnte ich nicht mehr steigen. Also dachte ich an die Weite«, schreibt Messner, ganz so, als ob das logisch wäre. Wenn man denn denken könnte, könnte man an etwas anderes denken als an bundesjugendspieletaugliche Ziele wie höher oder weiter, aber Messner muss es so haben: »Mit einem Rucksack losziehen und immer weitergehen wollte ich. In der Leere dem Nichts entfliehen.« Oder im Nichts der Leere? In der esoterisch wallenden Diktion, mit der Messner seine Bergsteigerflachheiten aufzudonnern sucht, ist ohnehin alles wurscht.

Von Reisenden, die in der Mongolei unterwegs waren, habe ich die bezauberndsten Dinge über Menschen und Landschaft gehört – von Reinhold Messner erfährt man nur, dass Reinhold Messner dort war und das bedeutsam findet. Außer sich selbst nimmt die Südtiroler Gesichtsmatratze mit Yeti-Faktor tausend so gut wie gar nichts wahr – immerzu ist er mit sich selbst beschäftigt, und die Worte »Ich«, »mir«, »meine« tauchen in einer Häufigkeit auf, die jeden Rekord bricht. In den olympischen Disziplinen Angeben und Aufplustern schlägt Messner Konkurrenten wie Günter Grass oder Horst Köhler um Längen.

Wo immer man hinliest in diesem Buch, es ist stets derselbe miefende Wanderstiefel: »Nach wenigen Gehminuten ist mir, als sei ich schon einen ganzen Tag lang unterwegs. Aber, denke ich, ich habe Zeit. Also gehe ich langsam und regelmäßig, nehme nie Abkürzungen. Wenn ich jetzt die Hänge steil gerade hinaufginge, ich bräche zusammen. Mit peinlicher Genauigkeit folge ich der idealen Route.«

Messner forscht und fummelt weiter in sich herum. »Warum habe ich nicht zwei gute Füße, denke ich«, schreibt er – »denke ich« ist sehr gut gesagt. »Der eine, ohne Zehen, erträgt mehr als der andere mit dem zertrümmerten Fersenbein. Trotzdem, der junge Arzt, der die Reste mit einem Stück Hüftknochen wieder zu einem brauchbaren Fuß zusammengeflickt hat, ist ein Genie. Ohne seine Hilfe hätte ich überhaupt nie mehr richtig laufen können.« Ob der »geniale junge Arzt« auch den Aspekt berücksichtigte, dass Messner mit jedem Schritt, den er tut, anschließend die Öffentlichkeit vollorgelt? Wäre das dann nicht Beihilfe zur Belästigung? Und sollte in einem Reisebuch, das »Gobi« heißt, diese Wüste nicht auch wenigstens am Rande vorkommen?

Nein, nicht bei Messner. Selbstfixiert betrachtet er seinen Körper und teilt seiner Leserschaft die Ergebnisse gleichermaßen umständlich wie brühwarm mit: »Auch habe ich einen sonderbaren Geschmack und süßlichen Schleim im Mund.« Ah ja. An anderer Stelle fragt er sich: »Ob ich noch klar im Kopf bin?« – beantwortet die Frage aber selbst vorschnell mit »ja«, um sich zum Beweise des Gegenteils wieder seinen von Charles Darwin und Luis Trenker vorgestanzten, beschränkten Selbstbetrachtungen hinzugeben. Die weiterzugeben er allerdings aggressiv entschlossen ist. Seinem pubertierenden Sohn schreibt er die Lehren von Jungvolk, FDJ und Duce hinter die Ohren: »Du musst viel laufen und morgens kalt duschen. Damit du abgehärtet bist.« Abgehärtet wogegen? Gegen Reinhold Messner?

Willst du in die Gobi schweifen / sieh das Doofe liegt so nah: Reinhold Messner hätte auch eine Million mal einen Sandkasten oder einen Parkplatz umrunden können. Er ist der klassische blinde Passagier: Reinhold Messner latscht um die ganze Welt und bemerkt nichts als Reinhold Messner. Dass er damit Bücher anfüllt, kann man ihm nicht ankreiden – sondern nur Verlegern und Lektoren, die vielleicht rechnen, aber nicht lesen können.

Ende eines Brülllebens

Nachruf auf Marcel Reich-Ranicki

GEGEN ENDE FAND MARCEL Reich-Ranicki die Rolle seines Lebens: Als mäßig komischer Gnatterkopf stand und saß er Modell zugunsten der deutschen Telefonbuchwerbung. Auf allen Plakatwänden, in allen Illustrierten des Landes war er zu sehen, und genau das gefiel ihm sichtlich. Ein exorbitantes Bedürfnis nach Geltung und Selbstdarstellung hatte sich Befriedigung verschafft. Dergleichen kommt öfter vor, sein Kollege Franz Beckenbauer spielt das eitle Spiel sogar noch penetranter. Das wirklich Erstaunliche im Fall Reich-Ranicki aber war, daß der Mann mit Literatur in Verbindung gebracht wurde.

Das Literarische Quartett: Da saß einer im Fernsehkasten, schürzte abfällig die Lippe und sagte: »Diesäs Buch taugt nichtß. Diesäs Buch ißt Dräck!« Begründet hat Reich-Ranicki seine Urteile nie. Mit dem Charme eines Diskothekenrausschmeißers posaunte er sie in die Welt, und der Welt genügte das. Das Literarische Quartett war in allem ganz auf ihn zugeschnitten, die anderen Teilnehmer hatten mindere Rollen zugeteilt bekommen und spielten brav mit. Der literarische Betrieb war hochzufrieden; indem er sich Reich-Ranicki überließ, ging er zwar vor die Hunde, Reich-Ranicki dankte im Gegenzug aber immerhin mit der Grandezza eines wildgewordenen Pizzabäckers. Die Buchhändler frohlockten, weil Reich-Ranicki das Geschäft ankurbelte, und das Feuilleton feierte die angebliche Unterhaltsamkeit der Sache.

Der Unterhaltungsbegriff der Landsleute ist seltsam: Luzides, Geistreiches, Federleichtes und Spritziges gilt hier wenig – geliebt wird das Seichte, Laute, Schlüpfrige und

Hammerdumpfe. Genau das bot Reich-Ranicki: Stefan-Raab-Witze für Ältere, die sich gern belesen vorkommen. Doch auch das ganz simple »Fickän« ging dem von Altersobsessionen gepeitschten Reich-Ranicki erstaunlich häufig über die Lippen. Weil aber die meisten Büchermenschen so blutleer wirken, so händeringend und kopfwackelnd staubig und dröge, gingen die Krawallschachteleien Reich-Ranickis als Unterhaltung durch, sogar als intelligente. Dabei war seinen Anhängern stets völlig gleichgültig, was der Mann zusammenredete – der Gestus zählt, das Geschrei, der ulkige Akzent. Als Reich-Ranicki beispielsweise behauptete, der von ihm in Generalverwaltung genommene Thomas Mann sei auch ein hochkomischer Schriftsteller gewesen, war das zwar Kokolores, ging aber, wie jeder andere Unfug aus seinem Quakfroschmund, glatt durch und schadete ihm nicht im Geringsten.

Marcel Reich-Ranicki war der Helmut Kohl der deutschen Literatur: Was als unfreiwillige Komik missverstanden wurde, war reines Machtbewusstsein. Den literarischen Betrieb führte er im Stil eines Zuhälters: Wer mitmachte, wurde mit Extras und Vergünstigungen belohnt, der Rest musste draußen bleiben. Wobei draußen in diesem Betrieb ohnehin der einzige Platz ist, den sich ein Schriftsteller wählen kann, der auf sich hält. Und nur von draußen lassen sich auch Reich-Ranickis Intrigen und seine ausgepichten Selbstversorgereien angemessen betrachten: Den Börnepreis erst erfinden und ihn sich im dritten Durchgang dann selbst verleihen, das war unverfälscht Reich-Ranicki.

Treuherzig aber sang er im Fachblatt *Bild am Sonntag* das Hohe Lied seiner eigenen Unbestechlichkeit – und sortierte mit Hilfe seiner Kreaturen putzmunter und geschäftig ein und aus, wer in das literarische Leben des Landes gehört, ins Bordell zum fröhlichen Marcel. Dafür verlieh ihm die Halbalphabetenzeitschrift *Hörzu* eine Goldene Kamera – weil er angeblich »zum Lesen animiert«. Dies tat er, wenn überhaupt, nur in einem Sinne: Schon fünf Minuten Reich-Ranicki reichen aus, um den Wunsch nach etwas Intelligentem und Leisem übermächtig werden zu lassen. Um seinem kaskadischen Geschwalle zu entkommen, war einem dann so ziemlich jedes Buch recht.

Ein Verdienst aber gebührt dem geriebenen PR-Mann in eigener Sache. Zwar hat es, wie er selbst sagen würde, »mit Littärattur nichts tßu tun«, ist aber unstrittig: Wenn Männer ihre Beine übereinanderschlagen, vergessen sie allzu oft, dass ihre Socken kurz sind und so der meist äußerst unansehnlich bleiche, fahl-haarige Beinfleischstreifen zwischen Sockenrand und Hosensaum freigelegt wird, der Todesstreifen des Mannes, über den F. W. Bernstein schrieb: »Zwischen Knie und Sockenrand / ist erotisch ödes Land.«

Reich-Ranicki aber, so sehr er auch fuchtelte und fuhrwerkte und die Beine in- und übereinanderwurstelte im Eifer seines HB-Männchentums, ließ nie auch nur einen Millimeter Beinfleischstreifen sehen. Selbst wenn ihm die Hosenbeine bis übers Knie hochrutschten: Immer war da ein Socken, ein Sicherheitssocken, hochgezerrt wahrscheinlich bis zum Skrotum. Und dafür muss man Marcel Reich-Ranicki wirklich dankbar sein.

Herr Spiropoulos regiert

Zur Erinnerung an
Panos Efthymiopoulos-Gennadis

»Ich habe schon Olympische Ringe unter den Augen«, sagt der griechische Lebensmittelhändler. Es ist hoher Mittag, Gary Cooper-Zeit, wie Kinky Friedman das nennt, wir trinken Espresso. Der Lebensmittelhändler zündet sich eine Filterzigarette an, ich lege Feuer an eine kleine kubanische Zigarre.

Herr Spiropoulos betritt das Lokal. Er ist Weinimporteur, ein grauhaariger, eleganter Mann, der gute Kleidung, gutes Essen und guten Wein schätzt. Er hat einen Karton unter dem Arm, Dorkàs, griechischen Wein, der nichts mit dem Zeug zu tun hat, das Udo Jürgens einst besang. Herr Spiropoulos ist studierter Sozialwissenschaftler, deshalb hat er sich dem Wein zugewandt. Er spricht gern und viel über diverseste Themen, schon während der Fußball-Europameisterschaft 2004 hatte er dem Lebensmittelhändler und mir das Wesen Griechenlands anhand Otto Rehhagels erklärt, bis wir vor Ehrfurcht ganz schwindelig waren, und generös hatte er einige Flaschen und uns die Augen geöffnet für den Genius des göttlichen Fußballlehrers aus Essen-Steele.

Ein paar Wochen später spricht Herr Spiropoulos über die Olympischen Spiele 2004 in Athen. Es ist warm, sehr gut könnte ich ohne Worte durch den Tag kommen, Kaffee trinken, verhalten rauchen und keinen Gedanken verschwenden an die Hochleistungssorte Mensch, die sich immerzu bewegen und alles vollschwitzen muss. Herr Spiropoulos übernimmt den aktiven Teil der Konversation. Der

Lebensmittelhändler und ich dürfen schweigen oder allenfalls ein bisschen affirmatives Grundgeräusch verbreiten. Den Skandal um die griechischen Sprinter Kentèris und Thànou findet Herr Spiropoulos peinlich. »Typisch griechisch« sei das und »semiprofessionell« – man hätte die beiden gedopten Athleten eingegipst durchs Stadion tragen sollen, dann hätte man das Mitgefühl der Weltöffentlichkeit erregt, sagt Herr Spiropoulos und entkorkt eine Flasche Weißwein. Wir schweigen, nicken vage zustimmend und trinken.

Es ist richtig heiß an diesem späteren Mittag, der Wein wirkt sofort, man muss unbedingt nachessen. Der Lebensmittelhändler bringt Oliven und Oktopus, wir kauen. Herr Spiropoulos findet, Otto Rehhagel solle unbedingt die griechische Olympiamannschaft trainieren, und schenkt reichlich nach. Zwischendurch doziert der herrliche Mann über handgenähte Schuhe und die Sardelle als solche. Der Lebensmittelhändler und ich versuchen, mit dem rasanten Tempo seines Gedankengangs Schritt zu halten, es bleibt beim Versuch.

Niemals, weiß Herr Spiropoulos, hätten die griechischen Wasserballer gegen ihre deutschen Kollegen verlieren können, wenn Otto Rehhagel sie trainiert hätte. Der eingelegte Tintenfisch schmeckt vorzüglich, bei Wasserball fallen mir die schmerzhaftesten Fouls aus meiner Schulzeit ein. Es ist so schön, nie wieder Sport zu machen. Herr Spiropoulos zersticht die Luft mit einer Zigarette und öffnet die nächste Flasche. Wäre Franziska van Almsick Griechin, hätte sie Gold geholt, sagt er – schließlich wäre sie dann von Otto Rehhagel trainiert worden.

Herr Spiropoulos entkorkt die Welt des Sports und bespricht uns. Sacht und sutsche verstreicht die Zeit, auf einmal ist es Abend. Ein langer Sporttag geht zuende.

Ein Ausflug in die Sommerfrische

»By the sea, by the sea, by the beautiful sea«, heißt es in Billy Wilders Klassiker »Some Like It Hot«, und genau da will ich hin: an die schöne, schöne See, der Stinkestadt einen Tag lang Auf Wiedersehen sagen. Der InterCity ruckt an am Berliner Ostbahnhof, es geht nach Stralsund, ans Meer. Doch schon in Bernau wird gehalten. Warum? Was will der Mensch in Bernau? Die Pilgerstätte ostdeutschen Widerstands besuchen? Sie erinnern sich möglicherweise? »Angeber-Wessi mit Bierflasche erschlagen – Ganz Bernau ist froh, dass er tot ist!«, schlagzeilte einst die *Super-Zeitung* wörtlich. Auch wenn es das Revolverblatt längst nicht mehr gibt, so hat es, mit genau diesen Worten, Bernau doch unsterblich gemacht.

Das alte Ehepaar im Abteil, der Sprache nach der niedersächsischen Provinz entstammend, mümmelt an Apfel, Weingummi und kantenlosem Brot. Beide sind von der Mütze bis zum Schuhwerk geriatriefarben angezogen, in dieser spezifischen Mischung aus beige, grau und grünlich, die vom Herannahen des Todes kündet. Ab und an zischt die Frau etwas Unverständliches, der Mann antwortet jedesmal mit einem unwirschen »Sprich lauter!«, hört aber weg, wenn die Frau der Aufforderung nachkommt. Es gibt so viel schlechtere Gesellschaft als gar keine.

Unterbrechungen der Fahrt in Eberswalde, Angermünde und Prenzlau nimmt das Pärchen zum Anlass, sich im Hass auf das Betrachtete einig zu sein. »Schäbig!«, wird dem Zeigefinger hinterhergesprochen, die entzahnten Ehekiefer geben missbilligende Grunzlaute von sich und wissen sich zu steigern: »Heruntergekommen« ist Pasewalk, schrebbelt die Frau, »verlassen und verkommen«, der Alte rachitet zustimmend. Anklam inspiriert die beiden zu einem richtigen Dialog. »Dasse den Scheiß nich abreißen!«, jengelt das Weib, »Kost ja auch wieder nur Geld«, brömmelt, mit wackelndem Kopf, ihr Prinzgemahl. In Züssow steigen sie aus – von dort wollen sie nach Usedom weiterreisen. Da werden sich die Usedomer aber freuen.

In Greifswald steigt frisches Bahnpersonal zu. Die Frau in Blau ruft ihrem Kollegen zu: »Alter Stinkmorchel, mach die Tür auf, sonst kriegst du Heimarrest!« Beide freuen sich kaputt, und auch ich bin richtig angetan von soviel Leben. Nach knapp drei Stunden hat der Zug Stralsund erreicht, die Kleinstadt ist eine Puppenstube in Backstein-Gotik, im Café werden Shanties gespielt zum Beweise dafür, dass es ärgere Pein gibt für das menschliche Trommelfell als Reggae, Blasmusik und Techno, der aus tiefergelegten Automobilen quillt.

Zurück nach Berlin fährt eine Regionalbahn. Sie stoppt nach kurzer Fahrt in Miltzow, der ersten kleinen Bahnstation gleich nach Stralsund, wo sich Störche in vielen Dutzenden versammelt haben. Sie werden das Land verlassen – wer wollte es ihnen verdenken? Wir halten jetzt überall, Milchkannen wie Ducherow, Ferdinandshof und Jatznick werden erreicht, in Nechlin sitzen Kraniche auf den abgeernteten Feldern, der Zug trödelt durch die Uckermark, hält in Seehausen, Warnitz und überall sonst, wo man nicht abgeworfen werden möchte. Es gibt Landstriche, die nicht zum drin Leben gemacht sind, sondern zum Durchfahren und Ankucken; in Wilmersdorf bei Angermünde liegen die Stoppelfelder in warmem, sattem Gelb, und in Angermünde sind richtige Menschen zu sehen: Ein paar Arbeiter laufen über die Schienen in den Sonnenuntergang, sie sehen gut aus, würdig.

Eine halbe Stunde später, in Eberswalde, steigt der Lokführer aus. Es kommt aber ein neuer. Durch Kleingartenkolonien geht es nach Melchow und Biesenthal, noch mehr Schrebergärtenanlagen werden passiert, dann wird Hohenschönhausen erreicht, das Olympische Dorf der Stasi quasi.

Am Ostbahnhof darf ich aussteigen, die Discounter haben noch geöffnet. Ich kaufe ein kleines Aaahmtbrot, laufe nach Hause und sauge den Gestank der Stadt ein. Er riecht nach Glück.

Sie hatten ein Stofftier?

Die Gehirnwäscheparole von der »Servicewüste Deutschland« trägt Früchte. Dem vom Menschen zum Konsumenten Herabgesunkenen treten Sklaven entgegen, die fließend »sehr gern«, »bitte recht sehr«, »danke, der Herr« und vor allem »schönen Abend noch« sagen können, immer und immer wieder »schönen Abend noch«. Sie sind einheitlich dressiert und gedrillt worden. Unterwürfigkeit ist das Ausbildungsziel; der Herrenmensch hat es gern, wenn er auf erniedrigte, servile Gestalten herabsehen darf. Mit freundlicher, schneller und reibungslos guter Bedienung, wie sie sich jeder wünscht, hat das nichts zu tun – bloß damit, dass es wieder Herren und Knechte gibt. Beides möchte ich weder sein noch um mich haben.

Wer im Café der Kellnerin oder dem Kellner im Befehlston »Ich bekomme eine Cola!« hinschmettert, sollte sie auch bekommen, am besten direkt ins Gesicht. Ohne das freundliche Zauberwort »Bitte« geht gar nichts; wer es nicht beherrscht, soll zuhause bleiben oder allenfalls angeleint auf die Welt losgelassen werden. Nach der Bedienung mit den Fingern schnipsen ist ganz verboten, da heißt es nur: Islam her und ab dafür. Auch wer wild mit den Armen fuchtelt und durchs Lokal schreit, muss zurück auf Los und nochmal ganz von vorne anfangen. Herablassung ist eine Haltung, die man sich für Chefs und andere Angeber aufhebt. Sie einer Bedienung gegenüber an den Tag zu legen ist schäbig und darf mit Ohrfeigen vergolten werden.

Umgekehrt muss ein Gast das schöne Gefühl vermittelt bekommen, ein Gast eben auch zu sein – also ein König und kein Fußabtreter, an dem allerlei Launen abgestreift werden können. Wer sich großmütig behandelt sieht, wird ebenfalls Großmut zeigen, so er dazu fähig ist. Menschen, die man dazu abgerichtet hat, vorgestanzte Phrasen von sich zu geben und ihr Lächeln an und aus zu knipsen wie eine Stehlampe, lösen Mitleid aus und Wut auf die Verhältnisse; mit Gastfreundschaft haben sie nichts zu tun.

Eine besonders seltsame Geste ist es, dem Hotelgast in der Minibar ein Plüschtier anzubieten. In Cellophan verpackt liegt ein Stoffbär zwischen Rotwein, Schokolade, Studentenfutter, Kartoffelchips und Salzstangen. Neugierig nimmt man ihn in die Hand. Warum das jetzt, fragt man sich – kleine Kinder sind doch eher selten zu Gast in Hoteleinzelzimmern. Oder ist das Stofftier für einen Mitarbeiter der Firma McKinsey bestimmt, der nach einem harten Arbeitstag als Stellenvernichter vor Scham und Selbstmitleid zerfließt und zum Trost eines Kuscheltieres bedarf, in das er sein Elend hineinheult: »Buhu, ich bin so schlecht, aber ich muss doch, was soll ich denn sonst machen, ich habe doch sonst nichts gelernt …«

Ich legte das verpackte Stofftier zurück in die Minibar; die sensorische Sicherung hatte es allerdings als entnommen registriert. Weshalb am nächsten Mittag, als ich das Hotel verließ und meine Schlüsselkarte an der Rezeption abgab, die junge Frau hinter dem Tresen zu mir sagte: »Sie hatten ein Stofftier?« Ich musste lachen, sie ebenfalls, und ich sah, wie ihr die Doppeldeutigkeit, ja Anzüglichkeit ihrer Frage langsam klar wurde. »Nein«, sagte ich, »kein Stofftier«, lächelte freundlich und ging, ihr gellendes »Sehr gerne! Schönen Tag noch!« in den Ohren.

Das beste Radio der Welt

Die Pressebeauftragte des Frankfurter Mousonturms, in dem ich abends las, rief an und sagte, es gebe eine Anfrage von Radio X – ob ich bitte ein kurzes Telefoninterview machen könne. Kein Problem, sagte ich, und etwas später klingelte es.

Radio X war in der Leitung, in Gestalt eines jungen Mannes, der hektisch, nervös und sympathisch zugleich klang und sich als »Benny« vorstellte. »Kannst du mich bitte anrufen?«, fragte er. Von Fremden angeduzt werden ist oft nicht gut – wer sich vor Menschen stellt und sie mit den gleichermaßen sinnlosen wie herabsetzenden Worten »Du bist Deutschland!« belegt, darf sich nicht wundern, die kalte Schulter oder einen Vogel gezeigt zu bekommen. Aber das Du von Benny war anders – es war ein Du auf gleicher Höhe, ein egalitäres Du unter Menschen.

Dennoch verwirrte mich die Bitte, und ich sagte das auch. »Warum soll ich dich anrufen? Wir telefonieren doch gerade?«, fragte ich. »Weil ich von außen anrufe und nicht von innen«, gab Benny zurück und erklärte: »Das Interview muss ich im Studio machen, jetzt rufe ich von außerhalb an.«

»Und warum rufst du nicht aus dem Studio an?«, fragte ich nach Art der alten, blöden Logiker. »Weil ich es nicht gebacken kriege«, gab Benny zurück. Das brach das Eis.

Wer kennt schon junge Männer, die zugeben, etwas nicht zu können? Speziell im Mediengeflirre wird man von Professionalitätsdarstellern überschwemmt, niemand will mehr als Dilettant Freude an der Arbeit haben. Praktikanten, die eben notdürftig telefonieren können, röcheln wichtig in den Apparat: »Gestatten, mein Name ist Cox, ich recherchiere hier eine große Geschichte«, wenn sie nach einer Adresse oder nach der Uhrzeit fragen. Journalismus bringt in denen, die an ihm erkrankt sind, für gewöhnlich die unangenehmsten Eigenschaften zum Vorschein.

Nicht aber bei Benny von Radio X. Seine Freimütigkeit nahm mich ganz für ihn ein. Ich ließ mir die Nummer des Studios geben und wählte sie. Ein Dutzend Mal ließ ich es klingeln, niemand nahm ab. Vielleicht war der Weg ins Studio ja ein weiter – nach einigen Minuten versuchte ich es erneut. Diesmal klappte es. »Super«, sagte Benny. »Du bist schon auf Sendung.« Und legte nach: »Ich hab ja noch nie was von dir gelesen«, sprudelte er, »ich bin erst heute auf dich gestoßen.« Der Mann wusste um die Dinge: Künstler sind immer gefährdet, ins Eitle abzurutschen, aber Benny von Radio X führt sie auf den Pfad der Bescheidenheit zurück. Kein Geschleime, kein medienübliches Eierkraulen, nur die nackte Wahrheit. Großartig, dachte ich, der Mann könnte sogar Günter Grass heilen – und den Journalismus gleich mit, in dem jeder, der eine Google-Taste gedrückt hält, schon glaubt, er durchleuchte die Welt.

Überschwänglich plauderte Benny mit mir, empfahl mich seinem Radiopublikum und sagte zum Schluss: »Danke, Wigalf.« Wigalf – gerade in seiner offenkundigen Absichtslosigkeit war dieser Todesstoß meisterlich gearbeitet. Sollte ich jemals abgehoben gewesen sein, jetzt war ich auf dem Boden der Welt. Technisch halbwegs professionell Substanzloses in den Äther blasen kann nachweisbar jeder, das versendet sich und ist wie nie gewesen. Lang aber lebe Radio X, der beste Sender der Welt.

Herzstrittmatter, Fiskuswerfer

Reich und einsam werden mit Kalauern

Es ist mir in diesem Leben bisher nicht gelungen, mich für das Wort Rente zu entflammen. Der Tag, an dem ein Nachbar mir völlig ungebeten erzählte, er habe sich seine Wohnung als »Einstieg in seine Altersversorgung« gekauft, war der letzte, an dem ich mit ihm so etwas ähnliches wie Konversation machte; ich möchte anders sterben als zu Tode gelangweilt. Vom sprichwörtlichen kleinen Sparer heißt es, dass er hinterher immer der Dumme sei – das ist nur die halbe Wahrheit, er ist es auch vorher schon. Mit der Bausparvertragsorte Mensch kann man mich jagen. Wer Gespräche über günstige Kreditkonditionen führen will, möge die Gelegenheit meiner Abwesenheit dazu nutzen und sich anderswo die Zinsfüße waschen.

Jawohl, die Zinsfüße – denn auch ich habe eine Kasse, in die ich einzahle, weil der Mensch nun einmal in irgendeine Kasse einzahlen muss; er ist so beschaffen, es ist ihm ein Bedürfnis, es gibt ihm ein gutes Gefühl, das er nicht reflektieren, sondern einfach nur haben will. So stellte ich eine Pappschachtel auf den Schreibtisch der Süßen und erklärte sie zur persönlichen Sparkasse. Zwar hätte ich jeden Tag einfach so und anlasslos ein Geld dort hineinlegen können, aber ganz ohne sportlichen Ehrgeiz hatte die Sache keinen Reiz. Also behauptete ich kühn, in nur kurzer Zeit ein Häuschen im Mecklenburgischen zusammenkalauern zu können; pro Kalauer sollten jeweils drei Euro fällig sein. Mit einer Bayreuthwilligkeit, wie sie sonst nur der Regisseur Schlingensief an den Tag legt, machte ich mich an die Arbeit – und siehe, die ersten drei Euro waren im Sack.

Ich setzte an zum Quantensprung von Agadir und ließ nichts mehr aus. Niemals würde ich die Flinte in den Doppelkorn werfen, erklärte ich – und zahlte ein. In der irischen See stehend nannte ich mich Usama Bin Baden und setzte noch einen drauf: U sama denn hier gelandet?, rief ich und manifestete rundheraus: Das Auge friert mit, warf mich dennoch ins Meer und schwärmte unverzüglich von der herrlichen Marlon Brandung – federleicht waren zwölf Euro gewonnen, die Sache ließ sich gut an.

Beim Sardellenessen bezichtigte ich mich, ein Anchovinist zu sein, gelobte aber Besserung: Bald schon wäre ich ein Gatte macchiato. Au-er, das tat schon sehr weh, mir selbst übrigens am meisten (wie sonst schlagende Eltern immer besonders abgefeimt erzählen), auch wenn mir das keiner glauben wollte, aber ich hatte, mit Asterix gesprochen, einen Kessel zu füllen. Eine Limonade wurde bestellt – Hoppe hoppe Reiter, wenn er fällt, dann *Sprite* er, kommentierte ich, die Anwesenden sackten gequält zusammen, und langsam schwante mir, dass meine Mission harsche soziale Folgen nach sich ziehen würde.

Im Zoo bewunderte ich lauthals eine Herde Dalai Lamas, beim Lesen Chestertons brachte ich Pater Browning ins Spiel. Dem deutschen Literaturbetrieb empfahl ich einen Herzstrittmatter, im Lokal bestellte ich einen strammen Hacks, und im Fahrstuhl eines Dubliner Hotels behauptete ich felsenfrech, der Buchstabe G stehe nicht für Ground Floor, sondern für Gerdgeschoss – womit ohne Zweifel ein Tiefpunkt erreicht war, in jeder Hinsicht.

Für die Olympischen Spiele ersann ich gemeinsam mit Friedrich Küppersbusch eine neue Disziplin: Fiskuswerfen. Das immerhin wurde mit Freuden aufgenommen – wer schleuderte nicht gern die Geldeintreiberschergen so weit von sich wie möglich? Bei Verhandlungen mit dem Reclam

Verlag gelang mir der Durchbruch als Übersetzer. Reclam, sprach ich, heiße auf deutsch: wieder klamm. Der Witz stieß indes nicht auf Gegenliebe – gut möglich, dass diese drei Euro mich teuer zu stehen kommen, aber mit so etwas muss man rechnen, das kann schon mal vorpommern.

Die Welt in Schach halten

Über den jüdisch-texanischen Countrysänger, Kriminalschriftsteller und Entertainer Kinky Friedman

Im Frühjahr 1992 brachte der Zürcher Haffmans Verlag Kinky Friedmans ersten Kriminalroman in deutscher Sprache heraus. »Greenwich Killing Time«, im amerikanischen Original bereits 1986 erschienen, war eine Offenbarung. So lustig war das Buch, und der Autor ganz offensichtlich ein Teufelskerl. Kinky Friedman war taff, ohne blöde cool zu sein, er pfiff auf Konventionen, und er kannte die Menschen. Über Schauspieler schrieb er: »Ich hatte erfahren, dass in diesem Gewerbe Ehrlichkeit das Allerwichtigste war. Wenn man die heucheln konnte, dann konnte man auch fast alles andere.« Ich war beeindruckt.

Kinky Friedman schloss mir das Universum noch einmal neu auf. Es ging nicht darum, die Welt verschiedentlich zu interpretieren, und es kam auch nicht darauf an, sie zu verändern. Die Kunst bestand vielmehr darin, im Feuersturm des Lebens eine Haltung anzunehmen und zu bewahren – keine Pose, sondern eine wirkliche Haltung. Auf der ersten Seite von »Greenwich Killing Time« beschreibt Friedman diese Haltung so: »Ich lehnte mich in meinem Stuhl zurück, paffte ein wenig und versuchte die Welt einfach so in Schach zu halten.« Ja, das war es: versuchen, die Welt in Schach zu halten.

Der Satz geht allerdings noch weiter: »Ich lehnte mich in meinem Stuhl zurück, paffte ein wenig und versuchte die Welt einfach so in Schach zu halten, als die Telefone klingelten. Ich hatte die Angewohnheit, zwei rote Telefone am linken und am rechten Rand meines Schreibtisches zu plazieren, die beide am selben Anschluss hingen. Das erhöhte irgendwie die Bedeutung meiner Telefonate.« Ah ja – der Mann hatte eindeutig einen Spleen, den er selbstbewusst kultivierte und ihn einer Angeberwelt voller modischer Dummgurkenlaberer entgegenhielt: »›Touché‹, sagte Myers. Ich mochte Leute, die ›touché‹ sagten, etwa genauso gern wie Leute, die ›ciao‹ sagten. Ich mochte nicht mal Italiener, die ›ciao‹ sagten, obwohl ich einsah, dass sie sonst ziemliche Schwierigkeiten hätten, einen Raum zu verlassen.«

Tief tunkte ich mich ein in die Welt des Kinky Friedman. Jedes Jahr erschien nun ein neuer Roman, in dem sich »der Kinkster«, wie er von seinen Freunden, allen voran Larry »Ratso« Sloman, genannt wird, als Sherlock-Holmes-artige Hauptfigur inszeniert. All das, erfuhr ich, war kein Fake – Kinky Friedman wirft sein eigenes Leben in die Waagschale und schreibt es neu, lässt Freunde und Kollegen seine Romane bevölkern und verlangt ihnen dabei mindestens soviel Humor ab wie sich selbst. Denn so schön Kinky Friedman schreiben kann: Der Mann beschönigt nichts. »Ich durchstreifte mein Loft«, schreibt er ziemlich oft – eine hübsche Formulierung für ein Leben, das vor allem von Alleinsein geprägt ist.

Es gibt Freunde und Freundschaft in Kinky Friedmans Romanen – jeden seiner Freunde aber zählt er bei der Aufklärung von Morden zu den Tatverdächtigen. Die Liebe ist eher eine Erinnerung als etwas Reales; der Traum von einem »Mädchen im pfirsichfarbenen Kleid« durchweht seine Bücher. Zwar tauchen zwei Frauen auf, eine »Uptown-Judy« und eine »Downtown-Judy«, doch sie bleiben peripher und entpuppen sich auch noch als ein und dieselbe Person. »Im großen und ganzen zog ich die Katzen den Frauen vor«, heißt es in »Greenwich Killing Time«, »denn Katzen benutzten höchst selten das Wort ›Beziehung‹.«

Das leuchtet ein, denn furchtbar klingt es, das böse Wort mit B – nach dem Gewürge, das übrig bleibt, wenn die Liebe vorbei ist.

Wer Kriminalromane um des Whodunnits willen liest, ist bei Kinky Friedman falsch. Seine Mordgeschichten geben nur den Rahmen für die lakonischen, melancholischen oder komischen Sentenzen, mit denen er sich der Daseinsidiotie entgegenschwingt. In »Lone Star« schreibt Kinky Friedman: »Ich rauche bis zu zehn Zigarren am Tag und erwarte, ewig zu leben. Natürlich inhaliere ich nicht. Ich puste den Rauch nur auf Kleinkinder, Grünpflanzen, Vegetarier und alle, die gerade zu dem Zeitpunkt joggen, an dem ich ausatme. Man muss daran arbeiten, ein guter Raucher zu sein. Speziell heute, wo einem die nichtrauchende Welt ständig Schwierigkeiten macht.«

Seine Bücher sind nur ein Teil des Gesamtkunstwerks, das Kinky Friedman aus seinem Leben gemacht hat. Er kam am 1. November 1944 als Richard Friedman in Chicago zur Welt. Schon bald darauf zog seine jüdische Familie nach Texas. Auf der »Echo Hill Ranch«, so erzählt es seine jüngere Schwester Marcie, beschloss der etwa fünfjährige Kinky Friedman, Countrysänger zu werden. Den Plan machte er später wahr, gründete die Band »Kinky Friedman and The Texas Jewboys« und wurde nach eigener Auskunft »der einzige Jude außer Jesus, den man in Texas kennt«.

Dass man ihn kannte, bedeutete nicht unbedingt, dass man ihn auch liebte. Wenn Friedman und seine Band das Lied »Proud to Be an Asshole from El Paso« spielten, mussten sie manchmal flink zum Tourneebus eilen; manche amerikanische Südstaatler reagieren auf eine wahrheitsgemäße Beschreibung ihres Staates und seiner Insassen etwa so humorvoll und gelassen wie Brandenburger, denen man sagt, wie es um sie und den Landstrich bestellt ist, in dem sie hausen. Auch irrtümlich für aufgeklärt sich haltende Frauen konnten handgreiflich und rabiat werden, wenn Kinky Friedman auftauchte. Für sein Lied »Get Your Biscuits in the Oven and Your Buns in the Bed« wurde er von *Women's Lib* zum »Sexist of the Year« gewählt. Seine charmante Replik, »Yes, it's true, I'm the sexiest«, vermochte der Sache ihre Schärfe nicht zu nehmen. Die deutlichen Ironiesignale des Songs wurden ignoriert, Friedman wurde der Einfachheit halber zum Feind der Frauen und also der Menschheit erklärt.

Auch mit seinem grandiosen Song »They Ain't Makin' Jews Like Jesus Anymore« machte sich Friedman jede Menge Feinde. Das Lied ist eine deutliche Ansage an Antisemiten, die, kaum dass man sie zur Rede stellt, selbstverständlich nicht sein wollen, was sie sind. Dass die Juden nicht mehr jesusmäßig die andere Wange hinhalten, wie es ihnen von Leuten nachgesagt wird, die ihnen damit infamerweise zumindest eine Mitschuld am Holocaust zuschieben wollen, ist eine schöne Botschaft an die Welt. Kinky Friedman hat sie in der ihm eigenen Mischung aus Härte und Humor formuliert: »They ain't makin' Jews like Jesus anymore / they don't hold the other cheek the way they did before.«

Hinter Kinky Friedmans Spott-, Irritations- und Provokationslust verbirgt sich, wie könnte es anders sein, ein warmherziger, mitfühlender Mann – dem es mit kindlicher Hingabe, Liebe und Wahrhaftigkeit gelang, ein Lied über den Holocaust zu schreiben: »Ride, ride 'em, Jewboy / Ride 'em all around the old corral / Oh I'm, I'm with you, boy / If I got to ride six million miles.« Das Lied geht tiefer als die tiefste See, es treibt einem die Tränen in die Augen, es ist die Essenz der Trauer, und es hat – bei diesem

Thema eigentlich unmöglich – keinen falschen Ton. Beginn einer Zwischenbemerkung: In Deutschland dagegen bot sich am 27. Januar 2005 der Schmieren- und Kitschaggressor Wolf Biermann auf, um am 60. Jahrestag der Befreiung von Auschwitz im Bundestag augenrollend in den Saiten seiner Gitarre herumzuwühlen – ein Anblick, der dem Wort Obszönität eine neue Dimension verlieh. Ende der Zwischenbemerkung.

Kinky Friedman, der mit »Sold American« einen halben Radiohit hatte, verschliss sich auf endlosen Tourneen, war auch mit Bob Dylans Rolling Thunder Revue unterwegs und nahm reichlich »bolivianisches Marschierpulver« zu sich, wie er seinen Konsum an Nasenata euphemistisch beschrieb. Die Doofendroge bekam auch ihm nicht. »Am Ende«, schrieb Friedman, »brauchte ich eine Trittleiter, um mich am Hintern kratzen zu können.«

Kinky Friedman gab das Tourneeleben auf und begann, Kriminalromane zu schreiben, in denen er selbst als ein moderner Sherlock Holmes Kriminalfälle löst, ausgerüstet mit der Fähigkeit zu verblüffenden Volten und unbelastet vom dummen Wunsch, es jedem Recht machen zu wollen. In seinem vierten Roman »Frequent Flyer« heißt es: »In LaGuardia schnappte ich mir ein Taxi, das von einem der Landessprache nicht mächtigen Herrn aus der Dritten Welt namens Hassan gelenkt wurde. Wie sich herausstellte, sprach er gerade genug englisch, um mir zu befehlen, meine Zigarre auszudrücken.« Im Verlauf des Romans trifft Friedman auf einige ältere Deutsche, die an der »Waldheim-Krankheit« leiden, »der Unfähigkeit, sich daran zu erinnern, dass man früher ein Nazi war«.

Die niederländische Dokumentarfilmerin Simone de Vries drehte 2001 den einstündigen Film »Proud to Be an Asshole from El Paso« über Kinky Friedman und zeigt den

Entertainer auf der Höhe seines Humors. In einer Sequenz wirft er einem Hund einen Ball hin, mit dem der Hund herumdamelt. »In the name of Lord«, spricht Kinky Friedman dem Hund ins nicht vorhandene Gewissen, »bring back the ball!« Noch zweimal wiederholt er in perfekter Predigerparodie: »In the name of Lord – bring back the ball!« Das gesamte Potential an Drangsal und Irrsinn, das jeder Religion innewohnt, ist in diesen Worten eingefangen.

In Deutschland wollte Kinky Friedman, der Anne Frank und Hank Williams zu seinen Schutzheiligen zählt, mit Absicht nie auftreten. »Die Deutschen«, sagt Friedman, »sind mein zweitliebstes Volk. Das liebste ist jedes andere.« Aber dann kam er doch: Am 5. und 6. Juli 1998 trat Kinky Friedman erstmals in Deutschland auf, in der Berliner Passionskirche, einem guten Platz, um von einem jüdischen Entertainer exorziert zu werden.

Kinky Friedman stand unter dem hölzernen Lattenjupp und wusste viel über ihn und sich zu erzählen: Beide sind sie unverheiratet, beide haben sie keinen festen Job, und beide ziehen sie durchs Land, um die Menschen zu irritieren. Friedman, äußerlich eine Mischung aus Groucho Marx und Texas-Cowboy, sang mit einer leisen und zärtlichen Stimme, die man bei diesem rauhbeinig sich gebenden Mann nicht unbedingt erwarten würde. Die deftigere Komponente seines Humors verschwieg Friedman in der Passionskirche aber nicht und sang auch sein »Men's Room in L. A.«, ein Lied über die Frage, ob man, auf einer öffentlichen Toilette sitzend und statt mit Toilettenpapier nur mit dem Zeitungsfoto des Nazareners ausgestattet, lieber seine Unterhose oder seine Seele retten soll.

Als ich Kinky Friedman vor seinem ersten Berliner Konzert in einem Kreuzberger Restaurant traf, war ich auf einen outrierten Mann eingestellt – und begegnete einem der wenigen Männer, die einen Schnäuzer und auch noch einen Cowboyhut tragen können und damit richtig gut aussehen. Den meisten würde schon eins von beiden genügen, um sich komplett aus den Charts zu schießen. Auch die spitzen Cowboytreter und die Lederweste mit Fransen wären an anderen nur todsichere Insignien maximaler Verelendung – an Kinky Friedman sieht das alles nicht nach Verkleidung aus, sondern ganz selbstverständlich, als wäre es für ihn erfunden worden.

Kinky Friedman hatte sich einen Treffpunkt ohne Musikbeschallung gewünscht. Zu lange, sagt er, sei er auf Tournee gewesen – er lernte, den Klang der menschlichen Singstimme zu hassen. Überhaupt spricht er nicht sehr viel. Er gehört nicht zu den Bühnenmenschen, die jeden Fremden instinktiv als »Aaah, frisches Publikum!« willkommen heißen und ihm anschließend die Ohren bis zum Eichstrich vollmachen. Er wirkt eher irritiert, dass ihm Berlin, das er nie besuchen wollte, gut gefällt – kein Wunder, es sind Sommerferien, die meisten Berliner sind nicht da, die Verbliebenen atmen auf und nehmen geradezu menschenähnliche Züge an. Nach dem Essen zündet sich Kinky Friedman eine schwere kubanische Zigarre an, und auf einmal bin dann ich irritiert: Der Mann rülpst, und zwar nicht zu knapp. Dann lacht er und ruft, eine Entschuldigung simulierend: »Pardon meeeee …!« Und lacht weiter. Seltsamerweise ist das nicht unangenehm. Es wirkt nicht flegelhaft, eher wie ein Kleinejungenspaß – wie er ihn ja auch in einigen seiner Lieder pflegt: »Old Ben Lucas, had a lot of mucus, running right out of his nose …«

Diesen Song singt er auch abends auf der Bühne, genau wie seine Kurzversion eines Klassikers: »If I were a carpenter, and you were a lady, would you marry me anyway, would you have a wooden baby?« Das ist schön albern – und entwaffnend. Kinky Friedman hat etwas Seltenes: Er hat wirklich Humor. Und weigert sich, im Gleichschritt oder solo in den Schwachsinn zu torkeln und die Bewohner der Welt als das ernstzunehmen, was sie so gern wären: wichtig. Kinky Friedman beschreibt das in einer Kolumne im *Texas Monthly* so: »Ich ziehe es vor, so zu bleiben, wie ich immer gewesen bin: in Selbstvergessenheit gut angepasst an eine zutiefst kranke Gesellschaft.«

Als ich an zwei Wochenenden im Januar und Februar 2005 die Romane »Greenwich Killing Time« und »Lone Star« in der deutschen Übersetzung von Hans-Michael Bock für Bear Family Records als Hörbücher einlas, war die Vorfreude groß: noch einmal lesen und für die akustische Ewigkeit festhalten, was mich Jahre zuvor begeistert hatte, das klang gut. Die Freude an der Arbeit allerdings war nicht ganz ungetrübt: Wie in all seinen späteren Büchern erweist sich Kinky Friedman auch hier schon als Streckbank unter den Kriminalschriftstellern. Vor Redundanz ist ihm nicht bange: Mit einer Chuzpe, die ihresgleichen vergeblich sucht, rekapituliert er immer und immer wieder die spärlichen Fakten.

So hanebüchen und dürftig seine Plots teilweise auch sind, von Timing versteht Kinky Friedman jede Menge. Kurz bevor der entnervte Leser den Schangel zuklappen und in die Ecke werfen möchte, bekommt er eben doch wieder eins dieser Konzentrate geschenkt, für die Friedman auf den Durststrecken Anlauf zu nehmen scheint: »Zuhause in Texas war Jagdsaison. Eine gute Zeit, um seiner Schwiegermutter einen Pelzmantel mit Geweih zu verschaffen. Während ich nun durch die Stadt wanderte, konnte ich fast die verstreuten Schüsse aus den Hügeln von Texas hören. Was für ein großartiger Sport, die Jagd.

Wesen zu töten, die schöner sind als man selbst. Vögel zu schießen, die höher fliegen als die Träume. Viele Büffel zu töten. Ab und zu reinigt man seine Flinte und bläst sich versehentlich den Kopf vom Hals. Gut.«

Kinky Friedman weiß um Schönheit und Scheiße des Menschengeschlechts, deshalb ist er so gut, und deshalb darf er alles, auch seine Leser hin und wieder streckfoltern – und im Jahr 2006 als unabhängiger Kandidat für den Posten des Gouverneurs von Texas antreten. Seine Kandidatur, darauf legte er Wert, war kein Witz. Mit der Ausweitung der Kampfzone war es Kinky Friedman ernst, so ernst, dass er dafür aller schriftstellerischen Arbeit entsagte. In »Ten Little New Yorkers«, seinem in den USA im März 2005 erschienenen siebzehnten Kinky-Krimi, beging er literarischen Selbstmord, und im selben Monat stellte er auch die Kolumne im *Texas Monthly Magazine* ein, um ausschließlich der nichtfiktionale Kinky Friedman zu sein. »Mein Herausgeber und Freund Evan Smith zitierte das alte Oxymoron journalistische Integrität als Hauptgrund dafür, dass ich nicht als Gouverneur kandidieren und weiter für *Texas Monthly* schreiben kann. Falls die Kampagne scheitert, werde ich zurückkommen – aber es ist meine ernsthafte Hoffnung, dass der Verlust für das Magazin der Gewinn für den Staat sein wird.« Für den Fall, dass er die Wahl tatsächlich gewänne, versprach er, seinen alten Freund Willie Nelson zum Chef der Texas Rangers zu machen. Doch daraus wurde nichts; Friedman landete abgeschlagen auf dem vierten Platz. Die unbegrenzten Möglichkeiten eines freien Menschen beeinträchtigt das nicht. Auf der Visitenkarte, die er mir 1998 gab, hat er seinen privilegierten Platz in dieser Welt poetisch beschrieben: »Kinky Friedman is allowed to walk on the grounds unattended.«

Kafkas Affe stampft den Blues

Tom Waits zündet der Welt ein Feuer an

GEDUCKT KOMMT ER AUF DIE BÜHNE, schmächtig, im engen dunklen Anzug, einen runden schwarzen Hut auf dem Kopf, eine Hand als Kralle ausgestreckt. Knicks- und x-beinig steht er am Mikrophonständer, verknotet schier die Extremitäten. »Make it rain!«, schnarrt er heiser, greift nach dem Publikum und verdreht seinen quibbeligen Körper. »You've got to keep the devil down in the hole«, singt er später am Abend, aber da ist er doch, der Teufel, der kroch, heraus aus dem Loch, grinsend, glöcknernd, aus der kreatürlichen Hülle in die menschliche schlüpfend und wieder zurück, hin und her und sich dabei stetig wandelnd, wie Kafkas Affe im »Bericht an eine Akademie«. Tom Waits spielt exzessives, großes Selbsttheater.

Wie erfreulich, dass der Mann nicht gekommen ist, um vor Publikum mit sich selbst ein introvertiertes Tässchen Tee zu trinken. Obwohl er Tee trinkt, Tee und Wasser. Das – längst ohne sein Zutun – an ihm haftende Klischee vom versoffenen Barpianisten bedient er nicht ein bisschen. Es steht erst gar kein Klavier auf der Bühne, in das er scheppernd hineinhonkytonken könnte. Waits spielt Gitarre und singt, und vor allem stampft er seine Musik. Er muss dazu nicht die Füße benutzen, Waits ist ganz Rhythmus geworden in den letzten Jahren. Auf »Real Gone«, veröffentlicht Ende 2004, nimmt er auf die üblichen Songstrukturen nur noch Rücksicht, wenn ihm danach ist. Ob das in der Summe dann Blues ist, Jazz, Kunstlied oder avanciertestes Songwriting oder alles zusammen, ist ganz egal – es ist Waits. Nur »Altesäckerock«, wie jemand in der *taz* blökte, ist es garantiert nicht.

Staunend und mit wachsender Freude sieht man einem Mann bei der Arbeit zu, der in jeder Sekunde genau weiß, was er tut, was er sagen will und welche Mittel dazu die geeignetsten sind. Sie stehen ihm samt und sonders zur Verfügung. Alles an Waits ist vitales Geräusch, Wummern und Hämmern der Welt, und er hat die Band dazu: den mit allen modernen und klassischen Mitteln groovenden Schlagzeuger Brian Mantia, der im Verbund mit Larry Taylor an den Bässen die Welt in ein rhythmisch vertracktes, schräg schaukelndes Tanzhaus verwandelt. Gitarrist Marc Ribot knibbelt und sägt die Harmonien dazwischen, Tom Waits singt – mitunter so frei und abgelöst von jeder Konvention, dass man einen Coyoten heulen, jaulen und knurren zu hören glaubt. Das Blut rauscht einem in den Ohren in diesen Momenten, man möchte der Stimme folgen, denn das Tier klingt so gefährlich schön. Keep the devil down in the hole …

Tom Waits könnte einen langen Abend nur aus Hits und Hymnen bestreiten und hat die künstlerische Größe, es nicht zu tun. Und macht trotzdem alle leuchtend glücklich, mit Stücken aus den Jahren 1999 bis 2004, »Don't Go into That Barn«, »God's Away on Business«, »All the World Is Green«, »Alice«, »The Day After Tomorrow«. Bei »Table Tap Joe« durchfährt mich eine Schrecksekunde: Waits macht Schabernack mit dem Publikum, lässt es singen und sich und ihn feiern, sagt »Ah, that's good« und »I love it«, aber es geht ganz unblöd über die Bühne.

Überhaupt gibt er sich sehr aufgeräumt, erzählt, wie er als kleines Kind von einem Hund aus der Wiege geworfen worden sei und sich den Kopf aufgeschlagen habe. Etwas sei ausgelaufen, das Gehirn vielleicht? Seine Eltern jedenfalls hätten es im Einmachglas aufbewahrt und ihm versprochen, es ihm im Alter von 50 Jahren zu geben. Nun, er sei 50 geworden, doch dann hätten sie gesagt, nein, auf keinen Fall, sie würden das Glas behalten, aber als ganz kleines Kind sei er schon heller gewesen … Es ist eine schön ausgedachte Geschichte, und auch sie zeigt, wie souverän Waits die Lüge von der Authentizität verweigert.

Als er sein Hobo-Hütchen lüftet und sich verabschiedet, applaudieren wir, bis uns die Tatzen wehtun. Drei Zugaben gibt es, dann gehen Waits und die Band wieder. Das Publikum klatscht stehend nach mehr, Arbeiter rollen ein Klavier auf die Bühne. Begleitet von Larry Taylor spielt und singt Tom Waits »Invitation to the Blues«, für »House Where Nobody Lives« kommt auch Marc Ribot auf die Bühne zurück. Der letzte Ton verklingt, Tom Waits geht ab, noch einmal als geducktes Krallentier. Wir verlassen das Theater, größer geworden, erfüllt, überwältigt von dieser Lektion. Tom Waits hat den Stöpsel aus der Flasche gezogen und den Teufel freigelassen. Und bleibt, als Olympisches Fegefeuer unterm Hintern.

Glücksbringer und irisches Mufflon

Van Morrison zum 60. Geburtstag

Van Morrison kann mit seiner Stimme Bereiche der menschlichen Seele öffnen, von deren Existenz man selbst erst dadurch erfährt, dass Van Morrison sie berührt. Als er 1988 mit den Chieftains »Irish Heartbeat« aufnahm und von der biblischen »Creature made of Clay« sang, war seine Stimme der Lehm, aus dem der Mensch geknetet wird.

Elf Jahre später, auf »Back on Top«, beschwor er die Idylle des »High Summer«: »Checked in to the tiny village by the lakeside / Settled down to start a-new / Far away from the politicians / And the many chosen few.« Van Morrison kann ohne Frage glücklich machen – und tat das auch in dem Jahr, in dem er 60 Jahre alt wurde. »Magic Time« heißt das Album des Jahres 2005, das Herzstück ist »Celtic New Year«: »If I don't see you in that Indian summer, then I want to see you further on up the road«, singt er mit dieser dicken Stimme, in der soviel Sehnsucht und Verlangen ist wie in keiner anderen sonst: »Come on home, come on home in the Celtic New Year«, und dann spielt Paddy Maloney von den Chieftains ein Solo auf der Irish Whistle, das jede Gemeinheit dieser Welt vergessen macht.

Das Konzert, das George Ivan Morrison am 5. August 2005 im Park von Schloss Neuhardenberg 80 Kilometer östlich von Berlin spielt, ist mein viertes und das schönste, das ich von ihm hörte. Klein ist die Bühne, für Freiluftkonzertverhältnisse fast schon intim klein. Nicht ohne Bangigkeit vergeht das Warten: In welcher Verfassung wird uns Van Morrison an diesem Abend gegenübertreten? So übellaunig wie im Juni 2002, als er im Berliner Tempodrom ein

Konzert demonstrativ lustlos herunterschrubbte und seinem Publikum, das ihm dennoch zu huldigen bereit war, nichts gab als eine wütende irische Diva? Am Ende schmiss Morrison seinen Zuhörern sogar ein brüllend laut vom Band abgespieltes »Hit the Road, Jack!« ins Gesicht. Oder würde er seinen Vertrag so inspirationsfrei erfüllen wie auf der »You win again«-Tournee mit Linda Gail Lewis, als seine Musiker, an beleuchteten Notenpulten stehend, fade Versionen von Rock'n'Roll-Klassikern herunternudelten?

Ein Van-Morrison-Konzert ist immer ein Risiko. Doch diesmal ist es ein glücklicher Abend. Eine bestens aufgelegte sechsköpfige Band betritt die Bühne. Es beginnt mit einer Instrumentalversion von »This Weight«, Saxophonist und Trompeter spielen messerscharf. Dann, umjubelt, kommt als siebter Mann Van Morrison dazu, einen Panamahut auf dem Kopf, den Körper in einen engen grauen Anzug hineingezwängt, und setzt sein Saxophon an. Das er rasch ablegt, gegen die Gitarre tauscht und sich mit ein paar Swing- und Rhythm-and-Blues-Nummern warmmacht.

Das ist nicht unbedingt die Musik, die sein Publikum fasziniert und die es von ihm hören will, aber es ist die Musik, die er, oft genug hat er es in Interviews betont, seit seinen Kindertagen liebt, und zu der es ihn immer wieder hinzieht. Van Morrison tut, was er will, anders ist er nicht zu haben. An diesem Augustabend im Park scheint er weniger mürrisch und verbiestert, er lässt seine Musiker gewähren, und die, allesamt granatengut, verrichten ihre Arbeit mit Hingabe – und so leise, wie man selten eine Band hat spielen hören.

Als Van Morrison tatsächlich »Celtic New Year« anstimmt, sind nicht wenige »Lauter, lauter!«-Rufe aus dem Publikum zu hören. Wer wäre Van Morrison, wenn ihn interessierte, was andere von ihm wollen? Er wird sogar noch leiser – bis das letzte Geräusch aus dem Publikum verstummt, und das bei einem Open-Air-Konzert! So erzwingt man sich die Arbeitsbedingungen, die man braucht. Es geht hier nicht um Untermalungsgedudel zu Smalltalk beim Bier – es geht um Musik, die Konzentration benötigt, um entstehen und in der Mischung aus äußerster Spannung und lässiger Entspanntheit präsentiert werden zu können.

Candy Dulfer kommt auf die Bühne, die Saxophonistin, von der Prince sagte: »When I want sax, I call Candy.« Im weißen Anzug schiebt sie über die Bühne – bei manchem Konzert von Van Morrison hatte ich sie im Verdacht, mit Strahlelächeln und vor allem mit allzu glattem Spiel die Musik zu banalisieren. Aber vielleicht stimmt das gar nicht, oder es ist eben wirklich ein glücklicher Abend. Schon gleich beim Einstieg in »Moondance« bläst Candy Dulfer hart ins Horn, wild und kratzig und hochvirtuos sind ihre Soli, und ihren Kollegen an Saxophon und Trompete nimmt sie nicht die Butter vom Brot, die dürfen zeigen, dass sie ebenbürtig sind.

Während die Band sich mit »Real Real Gone«, »Bright Side of the Road« und »Precious Time« in immer größeres Vergnügen hineinspielt, steht Van Morrion bewegungslos. Er ist der Kleinste auf der Bühne, doch ragt er monolithisch. Er schwelgt in »Magic Time«, besingt den »Philosopher's Stone«, und seine Stimme macht jeden Diskurs darüber, ob der Mensch eine Seele habe, komplett überflüssig – der Mensch als solcher vielleicht nicht, aber Van Morrison unbedingt.

Man kann nicht unpersönlich über Van Morrison schreiben, denn seine Musik und vor allem seine Stimme rühren an Persönlichstes. Es gibt nichts, das er nicht ausdrücken könnte mit dieser gottvollen Stimme, und er lässt nichts weg, keinen Verdruss, keinen Groll, keine Liebe, keinen Trotz, keine Einsamkeit. Wo Gott wohnt, muss ich nicht wissen; zuweilen aber, das kann man in Van Morrisons Stimme hören, besucht Gott ein altes, störrisches irisches Mufflon.

Das Van Morrison heißt, an diesem Abend sogar »Brown Eyed Girl« von 1967 singt, und danach, als letztes Stück, »Gloria«, ja, genau, »G-l-o-r-i-a«, den über 40 Jahre alten Klassiker. Der seelenvollste aller Sänger, geboren am 31. August 1945, begibt sich weit zurück auf die Zeitreise, seine Band langt noch einmal richtig hin und fegt jeden Verdacht auf Seniorentellertruppe entschlossen davon. Van Morrison aber geht ab, grußlos wie immer. Wie singt die alte Diva auf dem Album »Magic Time«: »Just like Greta Garbo / I just want to be alone.«

Vom Abgrund zur Kanzel

Bruce Springsteen solo

Es ist zwanzig nach acht, Bruce Springsteen betritt die Bühne des asbestverseuchten Berliner ICC, in dessen Architektur Aggression und Uninspiriertheit eine Symbiose ungemilderter Abscheulichkeit eingehen. Sprinsteen trägt Jeans und blaues Hemd, die Ärmel hochgekrempelt, er spielt Banjo und singt, und das Beste ist: Er hat keine Band dabei, man muss das Breitwandsaxophon von Clarence Clemmons und den Bombast der E-Street-Band nicht hören. Allein ist Springsteen viel besser; unterstützt nur von sechs- oder zwölfsaitiger Gitarre, Mundharmonika, dem Flügel oder einem Harmonium, verliert seine Stimme alles Stadionrockige, und das ist ein substantieller Gewinn.

Schon beim dritten Stück des Abends, »Devils & Dust«, hat Springsteen sein Thema gefunden: »trying to survive, kill the things you love« – da ist er, der ewig zerrissene Mann, auf der Suche nach Liebe, Harmonie und Frieden, und immer von Dämonen gehetzt. Etwas später singt er »Two Faces« vom »Tunnel of Love«-Album: »I met a girl and we ran away, I swore I'd make her happy ev'ry day, and how I made her cry, two faces have I.« Der Mann kennt sich aus in der Welt der alltäglichen Abgründe.

Springsteen wirkt entspannt; freundlich und auf deutsch bittet er um Verzeihung dafür, dass sein Konzert sehr kurzfristig um 16 Tage verschoben worden war. Es folgt »Long Time Coming«, mit der Selbstbeschwörung »Ain't gonna fuck it up this time«, die er anschließend lakonisch präzisiert: »Ain't gonna fuck it up this time too bad« müsse die Zeile heißen, das sei die »most honest expression«.

»Love Songs«, erzählt Springsteen aufgeräumt, habe er lange Zeit nicht geschrieben, sein Vater habe ihm eingetrichtert, die seien bloß »Gouvernment Conspiracy«, also nur zu dem Zweck gemacht, die Jungs bei der Familienstange zu halten: »work hard, pay taxes and – suffer.« 37 Jahre lang habe er das geglaubt, sagt er und lacht, und dann singt er am Flügel, als wäre er der junge Bob Dylan, als dessen Reinkarnation er in den siebziger Jahren begeistert begrüßt wurde.

Die Songs des Albums »Devils & Dust« sind der rote Faden dieses Abends, »Silver Palomino«, das bekenntnishafte »Reno«, das ohne Beschönigung den Besuch bei einer Prostituierten beschreibt, »Jesus Was an Only Son« und »Matamoros Banks«, sein Lied über die illegalen Einwanderer in die USA, die auf der Strecke bleiben. Für die Reinschreisorte Mensch, deren Fotohandys bedauerlicherweise nicht vor dem Konzert kompetent zertrampelt wurden, gibt es »Stay Hard, Stay Hungry, Stay Alive«. Dennoch: 110 Minuten lang ist es ein großer, berührender Abend.

Ein Gutteil des Publikums aber will kein Konzert, sondern einen Gottesdienst zum Mitmachen, strömt nach vorn und reckt Springsteen Kleinkinder entgegen. Um diese Vorhölle zu komplettieren, drängt sich Wolfgang Niedecken auf die Bühne und macht bei »Hungry Heart« mit, nicht ohne diverse Zeilen auf Mümmelkölsch dazwischenzugrunzen. Der Kollege neben mir flieht entsetzt, »den muss ich nicht hören«, keucht er und weist, im Gehen noch brillant formulierend, auf »die FDJ des ZDF« hin – auf Michael Steinbrecher, den kirchentagstauglichen ewigen TV-Jugendgreis. Claudia Roth, die Doppelkinnspitze der Grünen, und Jürgen Fliege, der Milchmann der frömmelnden Denkungsart, haben auch Einlass gefunden, und Springsteen selbst rundet den Alptraum ab: »Open up your heart, dry your eyes, I wanna see you smile, keep on dreaming«, predigt er sakral am Harmonium, Steinbrecher betet inbrünstig mit. Dann ist die Messe gelesen – schade, wär' zu schön gewesen.

Trommeln auf unserer Haut

Im strahlend hellen Mittag sah ich ihn. Er stand, weithin für jedermann sichtbar, auf einer Grünfläche in der Mitte einer großen Berliner Straßenkreuzung. Sein Oberkörper war nackt, sein Haar war zu einem Zopf gebunden. Kraftvoll urinierte er in die Rabatten und beendete die gelbe Performance stolz mit heftigem Abschütteln. Dann schulterte der ungenierte Mann die zuvor abgestellte Trommel und entschwand. Seitdem weiß ich, was genau mit »Karneval der Kulturen« gemeint ist.

Wenn der Sommer über die Stadt kommt, wird der Mensch fidel und gerät ins Ausschwärmen. Ins Grüne, parkwärts zieht es ihn; eine Decke rollt er zusammen, macht sich einen schicken Picknickkorb zurecht, steckt ein Buch dazu, radelt mit allem ins Grüne und freut sich auf einen ruhigen Platz im Freien. Da will er liegen, lesen, wegdösen bei Vogelgezwitscher und sich des Daseins freuen. Doch kaum hat er den Park erreicht, ist immer schon einer vor ihm da, wie in der Geschichte von Hase und Igel. Das ist der Trommler.

Für gewöhnlich kommt der Trommler im Aggregatzustand des Schneidersitzes vor. Diese Haltung scheint ihm erhaben und weise, denn schlicht ist der Trommler im Geiste. Er hält sich für erleuchtet, wenn er Geräusch erzeugt, Krach macht, Luft und Welt volldonnert mit LERM.

Fatt-Ploff-Pomm machen die Hände des Trommlers auf seiner Trommel. Weil der Trommler nicht still sein kann, darf es Stille auch für niemanden sonst geben. Stille beunruhigt den Trommler, sie macht ihm Angst, er hasst sie. Der Trommler muss die Stille überdröhnen, sonst weiß er nicht, ob es ihn gibt. Wie die Grillsorte Mensch die Luft mit beißenden Rauchschwaden anfüllt, um sich der eigenen zweifelhaften Existenz zu versichern, muss der Trommler akustische Hausmacherjauche ausbringen. Er kann gar nicht anders; der Hohlraum als solcher ist ihm Heimat und Programm, auf den haut er drauf, und wenn es dann so richtig dröhnt in der Leere zwischen seinen Ohren, stammelt er guttural: Uhh! Bongo, ergo bumm.

So sind Trommler wie Trommlerin mental beschaffen – auch viele Frauen prügeln auf fellbespannte Klangkörper ein wie nichts Gutes. Ist es der Lockruf der Savanne, den sie im Wummern der Trommel vernehmen? Der atavistische Mix aus Stamm und Steppe und Mutti Erde? Ein urschlammiges wie pulsierendes Fruchtbarkeitsritual? Aus welcher nicht minder trüben Quelle speist sich der Aberglaube, das Eindreschen des Trommlers auf tote Tierhaut geschehe zur Freude der Menschen? Zu den zartesten, empfindsamsten Organen von allen zählt das menschliche Ohr. Filigran und fein ist das Trommelfell, es bedarf nicht der Schläge.

Hartnäckig hängt der Trommler den verschwiemelten Mythen von Urwüchsigkeit und peitschender Rhythmik an. Esoterisches Kling-Klang wabert und walhallat durch seinen Kitsch- und Brausekopf – den ich mit einem zenbuddhistischen Koán zur Ruhe betten möchte, denn buddhistisches Getue findet der Trommler gut. Voilà: Wie ist der Klang der Geräuschlosigkeit? Wie klingt eine lautlos geschlagene Trommel?

Im Beantworten dieser Frage möge der Trommler Glück finden – nicht das seine, das mir ganz gleichgültig ist, aber dafür unbedingt meins.

Die Nacht der Guten Onkelz

Tsu-na-mī, tsu-na-mā, tsu-na-baby: Eine deutsche Spendierhosengala

NATURKATASTROPHEN sind die Sissi-Romane unter den Weltereignissen. Schicksal, Schicksal, Schicksal!, hämmern sie aufs Publikum ein, das sich in fatalistischem Glotzen ergeht, erregt und passiv zugleich. Auch die Davongekommenen fügen sich reibungslos in die Inszenierung, nicht wenige machen sogar ihre eigenen digitalen Bilder, von denen es manche bis ins Fernsehn schaffen.

Wer keine elektronische Ware anzubieten hat, wird selbst eine. »Im Hotelzimmer haben wir dann auch sofort den Fernseher angemacht«, berichtet brav, auftragsgemäß und stolz ein deutscher Zopfträger, den der Tod verschonte. Er wird zum Kamera-Kameraden, merkt das gar nicht oder findet es völlig selbstverständlich.

Was selbst der Tod nicht schafft, gelingt dem Fernsehn: Es macht alle und alles gleich. Das menschliche Äußere täuscht, man sieht dreidimensionale Spam-Mails, und alle denken positiv.

Acht Tage nach der Flutkatastrophe in Thailand nehmen deutsche Spitzenprofis die Sache endlich richtig in die Hand. Ein Spendierhosenabend bricht an in Deutschland. »Ein Herz für Kinder – Wir wollen helfen« heißt das Defilee zugunsten von *Bild* und ZDF, das selbstverständlich seinen führenden Brain Drain ins Rennen schickt.

Niemand ist der Wahrheit ferner / Als Johannes Baptist Kerner. Als Spendengalarist sieht der Mann aus wie Jürgen Fliege und spricht auch so. Geduckt nähert er sich und versenkt den Moskitorüssel im Gegenüber: »Was haben Sie empfunden?« Er kann die Frage auch variieren:

»Wie haben Sie das vorgefunden?« Wenn man das Insekt erschlüge / Wer vermisste dann die Fliege?

Um sich nicht zu profilieren, ist Campino mit den Toten Hosen angereist: »Es geht hier nicht darum, sich zu profilieren«, sagt er – deshalb ist er da. Der Mann bricht auch ein Lied von sich: »Alles wird vorübergehn.« Das hat, speziell in seinem Fall, etwas Tröstliches. Und auch die längst überfällige Umbenennung der Toten Hosen vollzieht sich. In Anerkennung ihrer Verdienste um die Heimatkultur heißen sie seit dem 4. Januar 2005 Die Guten Onkelz.

Beim nationalen Schulterschluss / Kommt das Deutsche zum Erguss – auch dann, wenn es englisch singt, oder, genauer, englerisch. »I've seen the angels in the sky«, behauptet, sein Soloalbum »Just a Singer« promotend, die rückstandslos geistfreie Zone Hartmut Engler. Die Engel im Himmel will er gesehen haben, und sky heißt ja auch Himmel, allerdings im optischen oder geographischen Sinn eines blue oder hollow sky. Der metaphysische Ort, an dem Engel wohnen, wird allerdings heaven genannt. Wer aber wäre Hartmut Engler, wenn ihm solche Feinheiten etwas sagten?

Ähnlich grobmaschig gestrickt ist auch Helmut Lotti. »Überrascht durch den Tod / Lasst uns helfen, es sind unsre Brüder / Lasst uns helfen in Zeiten der Not«, dichtete er gar frisch. Vokabeln gelernt hatte die singende Seifenlauge auch: »Tsunami, für mich war es ein neues Wort.« Da hatte der Mann ja etwas gelernt.

Wie sich die deutsche Volks- und Notgemeinschaft beim Spenden so bei den Händen nahm, dünstete sie die Logik der Päderasten aus: Ohne mich wäre das Kind doch längst verhungert! Den Gutestuern war per Telefon auch ein veritabler Lude zugeschaltet: Michael Schumachers

Manager Willi Weber war früher Zuhälter und als solcher in Stuttgart unter dem Namen »Schnallen-Willi« eine Größe; nun, als Schumi-Willi quasi, gab er die umjohlte Spendensumme von 10 Millionen Dollar bekannt. Weitere Adabeis auf den Rieselfeldern des Guten: Horst Köhler, Dieter Thomas Heck, die Klone von Silbermond, Cherno Jobatey, Peter Maffay, Carmen Nebel, Josef Ackermann, Helmut Kohl. Zuweilen jammert's uns, dass man / Plunder nicht versenken kann.

Der deutschen Spender Lieblingswort / heißt »Diese Menschen« und »Vor Ort«. Da unten vor Ort nämlich kennen sich diese Menschen in diesen Ländern teilweise recht gut aus – wenn auch nicht ganz so gut wie deutsche Experten, die ihre Spenderlandsleute beruhigen konnten bei der wichtigsten und bangsten aller Fragen: »Was geschieht dort vor Ort mit unserem schönen Geld?«

Das ZDF, ganz *Bild* geworden, bot alles auf, was es hat – auch seine schnittigste Schleimschleuder aus der *heute*-Redaktion.

Steffen seibert schwiegersohnig,
seibern nämlich ist ein Verb,
das beschreibt, wenn man wie Honig
klebrig glitscht zum Gelderwerb.

Steffen Seibert, die Instanz für Gleitmitteltum und Gefallsucht, fragte: »Konnten Sie sinnvoll helfen?« Die einzig passende Antwort, »Nein, nur völlig sinnlos«, unterblieb leider.

Yassir, I can boogie

Über die, wie es dann hiess, »Trauer um Yassir Arafat«, gab es allerlei zu erfahren nach seinem Tod. Einen Mann, der reichlich Millionen US-Dollar privat auf die Seite schaffte im Laufe eines Gauner-, Mörder- und Politikerlebens, finden die Leute gut. Zwar sah Arafat so aus, dass ein Fass Margarine neben ihm staubig und ausgetrocknet gewirkt hätte, aber wenn einer prima lügen und »We shall make piss!« heucheln kann, dann hat er seine feste Fangemeinde, zumal unter Palästinensern, Arabern und anderen Deutschen.

Eine Seife mit der Aura eines Schlagergrandprixexperten wurde unter großem Getöse provisorisch eingekellert. Seine beim Gebrüllbegräbnis durch die Gegend krakeelenden und schießenden Anhänger bewiesen noch einmal, dass die Verleihung des Friedensnobelpreises ausgerechnet an Arafat zu den größten diplomatischen Fehlern seit Chamberlains Appeasement-Politik gehörte – da hätte man ihn auch gleich Jörg Haider geben können. Wie armselig ist ein Leben, in dem »Yassir, I can boogie« als Hoffnungshymne aufschimmert? Noch unappetitlicher als die fettige Terrortunte Arafat sind allerdings Deutsche, die sich den schwarz-weißen Palästinenserlappen vor den Hals binden. Oder sich für links halten, wenn sie, wie der *junge Welt*-Redakteur Rüdiger Göbel, Israel »unter Kuratel« stellen wollen. Gar nicht so wenige Deutsche träumen davon, die Arbeit ihrer Großväter zu Ende zu machen.

Die Ermordung des niederländischen Regisseurs Theo van Gogh zog gleichfalls Billigbekenntnisse nach sich. Das Goldkettchen Feridun Zaimoglu nahm die Tat zum Anlass, seinen zahllosen Lautsprecherdurchsagen auch diese noch hinzuzufügen: »Ich bin gläubiger Muslim«, vermeldete er am 12. 11. 2004 treuherzig in der *taz*. Wen außer ihm geht das etwas an? Gläubisch sein ist Privatsache, kein Argument. Zaimoglu aber klagemauerte, »dass längst eine Grenze überschritten wurde, und zwar die des guten Geschmacks«. Geht es bei Mord also um Geschmacksfragen? Und heißt Feridun Zaimoglu auf deutsch Richard von Weizsäcker? Oder Rudis Reste Rampe?

Eine *tageszeitung*, die Berufschristen als Redakteure beschäftigt, muss in Kauf nehmen, dass sich dann auch alles andere Glaubensgetrottel in ihr tummelt. Ipek Ipekcioglu, laut *taz* »eine der populärsten DJanes in Berlin«, verfügte ebendort: »Natürlich durfte Theo van Gogh den Islam kritisieren, aber er hätte es mit Respekt tun müssen.« Genau – sonst muss er eben die Folgen tragen und ist quasi selber schuld. Wer definiert »Respekt«? Und wie wäre es mit einer Schweigepflicht für Klischees absondernde Plattenaufleger?

Zum Glück gibt es die Zeichnerkönige Greser & Lenz – wie wohltuend ist es, die Arbeiten zweier Männer zu betrachten, die politisch glasklar immer zugunsten des bestmöglichen Witzes Partei ergreifen. Meine Lieblingszeichnung von Greser & Lenz im November 2004 hieß »Die gute Nachricht« – sie zeigt Usama Bin Laden beim Schreiben eines Befehlsbriefs: »... bitte ich Euch, liebe Glaubenskämpfer, von Anschlägen in Deutschland abzusehen. Dieses Land ist schon kaputt.« – Eine Diagnose, die, siehe oben, nicht von der Hand zu weisen ist.

Wenn alle Sinne Dieter heißen

DER EINKAUF BEI DROSPA – Kerzen, Toilettenpapier und Geschirrspülmittel – kostete vier Euro und nochwas. Als ich den Kram einpackte, bekam ich von der Frau an der Kasse eine kleine Mitgift. *Provocation* stand auf der blau umwickelten Ampulle, *Provocation* mit c, also französisch ausgesprochen? Prówókassjò? Oder englisch? Prowokeyschen? Man wusste es nicht – »man« stand da noch und »eau de toilette« und: »Dieter Bohlen«.

O Gnade, dachte ich, Ohren und Augen und Zunge hat der Mann schon kaputtgekriegt mit Modern Talking und Blue System und Superstarsuche und Bohlenbüchern und Müllermilch – jetzt will er den Leuten noch an die Nasen gehen. Sehr, sehr vorsichtig sprühte ich eine winzige Dosis *Provocation* auf ein Stück Papier. Es stank augenblicklich – billig, süßlich, schäbig und maximal penetrant. Es war genau der Geruch, den man von einer Marke namens »Dieter Bohlen« erwarten durfte.

Es ist ja nicht so, dass Land und Bevölkerung arm wären an Nasenjauche. Was die Menschen freiwillig über sich ausgießen an Gestank, ist nur mit olfaktorischem Selbsthass zu erklären: Sich erst richtig selber quälen und dann als Stinkefackel den anderen die Hölle bereiten, das ist ihr Motiv. Wer im Flugzeug neben einen dieser identischen Schlipsmänner zu sitzen kommt, die hochwichtig von Meeting zu Meeting torkeln, weil dem Wort Konferenz etwas Olles, Altbackenes anhaftet, weiß, wo die Brechbeutelchen verstaut sind. Mit Zeug von Joop! und Calvin Klein und sonstwem eingepetert, prötern diese nasalen Selbstmordattentäter vor sich hin. Sie riechen unglaublich, und selber riechen sie nichts. Sie stinken und ahnen nicht ihren Gestank.

Soll das Land auch noch nach Bohlen miefen, dem Mann aus Tötensen? Der Name dieser Ortschaft klingt immer wie eine Aufforderung – der aber niemand nachkommen will, denn Bohlen ist ein Antimagnet. Da geht man nicht hin, davor läuft man nur weg.

Bohlens *Provocation* landete im nächstbesten Straßenmülleimer. Armer Abfall, dachte ich, als ich das Pröbchen versenkte.

Defilee der nackten Spießer

Ein Plädoyer für die überfällige Zusammenlegung von Christopher Street Day und Rosenmontag

Der Christopher Street Day war einmal eine politische Demonstration, eine echte Provokation. Zur Erinnerung an den Tag, an dem Schwule in New York sich erstmals vehement gegen Polizeirazzien und -übergriffe wehrten, gingen weltweit Homosexuelle auf die Straße und zeigten, dass sie als Unterdrückungsmasse nicht zur Verfügung stehen wollten. Demütigung und Diskriminierung würden sie nicht mehr hinnehmen.

Diese Botschaft, das war anders als bei protestantischen linken Demos, wurde nicht mit bleierner Ernstmiene, Leichenbittercharme und martialisch geballter Faust vorgetragen, sondern lustbetont. Das war klug und richtig: Menschen- und Bürgerrechte werden einem im Regelfall ja nicht hinterhergetragen – man muss sie erkämpfen, mit möglichst intelligenten Mitteln. Dadurch gewinnen sie auch einen persönlichen Wert. Und sich von tristen gesellschaftlichen Verhältnissen nicht die persönliche Lebensfreude madig machen zu lassen, ist sowieso immer weise, ob man die Verhältnisse ändert oder nicht.

Soweit zur Historie. Wenn eine Bürgerrechtsbewegung erste Erfolge erzielt, erlahmt der Elan der Aktivisten, eine gewonnene Schlacht wird vorschnell zum Sieg hochgejubelt. Dass Berlin einen schwulen Regierenden Bürgermeister hat, finden alle ganz, ganz toll und schick und schräg und ein bisschen schrill. Über die asoziale Politik, die Klaus Wowereit vertritt, wird lieber ebensowenig gesprochen wie über die Zurechnungsfähigkeit eines Heiopeis, der sich in *Bild* als begeisterter Rosenstolz-Hörer abfeiert.

Wo die Folklore regiert, kann Politik nicht stattfinden. Im dritten Jahrtausend ist der Christopher Street Day eine Mischung aus FKK-Umzug, Love Parade und Schlagergrandprix, ein Massendefilee äußerst vorzeigefreudiger Herren, die gern ihre Genitalien in die Öffentlichkeit recken und das für interessant halten. Wären die Teilnehmer heterosexuell, die Restöffentlichkeit ächzte genervt über Massenexhibitionismus und sexistische Selbstdarstellung. Es mag ein Menschenrecht sein, als Homosexueller genau so aufdringlich und verblödet sein zu dürfen, wie viele Heterosexuelle es sind. Für dieses Recht zu streiten ist allerdings nicht besonders attraktiv.

Martin Reichert sieht das anders. Am 22. Juni 2005 frohlockte der *taz zwei*-Autor: »Ob in der Fußgängerzone von Detmold oder auf dem Trottoir des sommerlich aufgeheizten Berlins, überall sieht man Männer, die sich im Reinen fühlen mit ihrem Körper und ihn gerne herzeigen.« Der Satz ist reine Demagogie. Er unterstellt, dass dezente Menschen, die den Unterschied zwischen öffentlichem und privatem Raum kennen und respektieren und das auch durch die Wahl ihrer Kleidung zum Ausdruck bringen, ein Problem mit ihrem Körper hätten – als stehe nur derjenige mit seinem Körper auf gutem Fuße, der ihn anderen ungebeten unter die Nase reibt. Absurd werden die Verhältnisse umgedreht: Nicht der selbstverliebt-exhibitionistisch sich herzeigende Mensch ist der Quell der Belästigung; vielmehr wird der rücksichtsvoll-zurückhaltende Mann, der sich anderen in der Öffentlichkeit nicht aufdrängt, von Reichert in die »körperfeindlichen oder gar homophoben Redaktionsstuben der Republik« einsortiert.

Das Wesen des Spießers ist es, alles abzulehnen und zu denunzieren, das anders ist als er selbst. Ins Repertoire der Totschlagargumente gehört der Gratisanwurf der Homophobie. Zuerst reduziert Reichert Politik auf die ästhetizistische Frage der Kleiderordnung – »Vorbei die Zeiten, in denen Mann seine Körperlichkeit unter Tuch, Socken und geschlossenen Schuhen verbergen musste« –, und dann haut er jedem, der nicht einstimmen will in seine nackte Begeisterung, prophylaktisch den Homophobieknüppel über die Rübe. Im *taz mag* vom 18. Juni stöhnte Reichert gemeinsam mit seinem Redakteur Jan Feddersen sogar über die »Hölle der Homophobie«. Das ist der schwule Gulag: im Sommer eine lange Hose tragen müssen. Mit irgendetwas muss man sich ja wichtig machen als urdeutscher Durchschnittsdämlack. Pardon, aber dafür ist Oscar Wilde nicht gestorben.

Wer langweiliges Körperwelten- und Karnevalsgetue für Politik ausgibt, soll nicht mit dem rosa Winkel angelaufen kommen, wenn er damit nicht reüssiert – der billige, fadenscheinige Trick zieht nicht. Und der Christopher Street Day, zumindest hierzulande längst eine kommerzielle und konformistische Angelegenheit, bettelt geradezu um Zusammenlegung mit dem Rosenmontag. Damit entfiele auch die exhibitionistische Belästigung, denn der Karneval der heterosexuellen Spießer findet ja im kalten Winter statt.

Die Blusen des Bösen

Toleranz und Uckermark

NEUWAHLEN IST EIN LUSTIGES WORT: Wie viele Lügen stecken in diesen drei Silben? Zu wählen gibt es nichts, Neues erst recht nicht. Vielmehr traten im September 2005 verlässlich öde Altlasten an, um ihre nicht minder geistauslöschende Konkurrenz abzulösen. Freuen aber durfte sich Gerhard Schröder: Nie wieder muss er öffentlich *Focus*-Redakteurinnen oder andere Haustierchen adoptieren.

Auch dass Antje Vollmer und Claudia Roth deutlich seltener der Öffentlichkeit zur Last fallen als zuvor, kann niemanden stören, der Ohren am Kopf hat. Wer Herr seiner Sinne ist, hatte erlebt und durchlitten, wie die beiden evangelischen Gemüsespieße antraten, um die Menschheit der Wahrheit zu berauben, dass Frauen intelligente, liebenswürdige Wesen sind. Ihr abscheulicher Plan ging nicht auf – wird allerdings weiter verfolgt, von ihrer Schwester in Christo Angela Merkel. Der Plumpsack geht um. Allemagne zero points.

Angela Merkel wurde Kanzlerin anstelle eines Kanzlers, dem grobschlächtiges Benehmen nach Gutsherrenart ebenfalls nicht fremd ist: »Hol mir mal 'ne Flasche Bier!« ist einer der raren Sätze von Gerhard Schröder, die bleiben werden. Seine Nachfolgerin Merkel wurde, wie Arnim Basche früher bei Pferdesportübertragungen im Fernsehn so schön sagte, »in Brandenburg gezogen«; andererseits versucht dieses ruframponierte Bundesland – was bleibt ihm auch anderes übrig? – aber wahrhaft alles, um seinen Ruf als Heimstatt von Niedertracht und Gemeinheit abzuschütteln. Ende Mai 2005 fand in Schwedt der 44. Deutsche Hugenottentag statt; angeboten wurde unter anderem ein öffentliches Forum zum Thema »Toleranz und Fremde in der Uckermark – einst und jetzt«.

»Toleranz und Fremde in der Uckermark« – das könnte, gemeinsam mit dem Lexikon des deutschen Humors, einer kompletten Sammlung italienischer Heldengeschichten und den Mysterien der britischen Kochkunst, eins der dünnsten Bücher der Welt werden. Traditionell steinhartes Pflaster ist die Uckermark; die Abkürzung auf den Nummernschildern der Kraftfahrzeuge heißt UM, und so ist der Landstrich auch: UM-UM-UM tönt es aus dem Uckermärker heraus, wenn er sich verständlich zu machen versucht. Dumpf ist Trumpf in der Uckermark, im Uckermärker und in der Uckermärkerin.

Fatal ist die geographische Lage Berlins: Ganz gleich, in welche Richtung sich der Berliner aus seiner Stadt herausbewegt, immer landet er zuerst in Brandenburg. Für Brandenburg aber gibt es nicht den geringsten Grund; Brandenburg existiert, weil irgendetwas wohl um Berlin herumliegen muss. Die Brandenburger Architektur nach 1945 heißt Brandenburger Barack, ihre Nachfolgerin nach 1989 heißt Autohaus. Anfälle von Baumarkt sind ebenfalls reichlich anzutreffen, allerlei »Wasch-Center« sind vertreten, was einmal Bäckerei war, heißt »Snax 'n Café«.

Die Essenz des Grusels namens Brandenburg heißt Uckermark. Allerdings wüsste außer den Uckermärkern niemand, dass es die Uckermark überhaupt gibt, wäre nicht Angela Merkel in der Uckermark aufgewachsen – genau gesagt in Templin, einem nordöstlichen Außenposten des brandenburgischen Bösen. Der Berliner muss Templin durchqueren, wenn er die mecklenburgische Feldberger Seenlandschaft erreichen will. Einmal, schon auf dem Weg, fiel mir ein, dass ich meine Hemden zuhause vergessen hatte. Macht nichts, dachte ich optimistisch, wir kommen ja durch Templin, das soll eine richtige Stadt sein, da wird man doch ein Hemd bekommen. Also wurde Templin nach einem Hemd durchsucht, nein, durchwühlt, nach einem einfarbigen, möglichst weißen Herrenoberhemd aus Baumwolle, ohne Polyester, Nylon, Dralon oder andere Schweißverstärker.

Die Suche gestaltete sich schwierig, und als ich nach Stunden Besitzer eines einigermaßen tragbaren Hemdes geworden war, hatte ich zuvor soviel Elend gesehen, wie ich es mir niemals hätte träumen lassen. Was die Templinerin und der Templiner an Kleidung angeboten bekommen, treibt einem die Tränen der Verzweiflung in die Augen. Es ist in Templin schier nicht möglich, seiner äußeren Gestalt eine wenigstens rudimentär würdige Hülle und Form zu geben. Die Blusen des Bösen sind in Templin zuhause, ich habe sie gesehen – und damit alles, was über den Provinztrampel Angela Merkel zu wissen nötig ist. Ein Gespenst geht um in Europa. Es kommt aus der Uckermark.

Der Heilige von Brilon

Friedrich Merz, ehemaliger Mofarocker, wird in Berlin dornengekrönt, zum Reformator II

MITTAGS UM HALB EINS am Hamburger Bahnhof in Berlin nehmen mich zunächst zwei Flugblattverteilerinnen von *attac* in Empfang. Ich bitte eine der Frauen um den Handzettel; sie gibt ihn mir, herrscht mich aber gleichzeitig an: »Gehen Sie etwa auch zu dieser honorigen Veranstaltung?« »Honorig« spricht sie mit schneidender Ironie. »Ja«, gebe ich wahrheitsgemäß zurück. »Und schämen Sie sich nicht?«, inquisitioniert sie. »Nein«, sage ich, weiter bei der Wahrheit bleibend. Warum sollte ich auch? Ich kucke mir das an, damit ich weiß, was das ist. Die Empörung der Frau, die Neugier und Wissensdurst für üble Delikte hält, steigert sich zu einem entsetzten Verstummen.

Was von *attac* in den Rang eines sichschämungswürdigen Delikts erhoben wird, ist die Preisverleihung »Reformer des Jahres«. Zum zweiten Mal nach 2003 wurde die Auszeichnung von der Initiative Neue Soziale Marktwirtschaft (INSM) und der *Frankfurter Allgemeinen Sonntagszeitung* verliehen. Dazu müssen Reden gehalten werden – den Anfang macht Prof. Dr. Hans Tietmeyer, Kuratoriumsvorsitzender der INSM, ein älterer Herr, der gern spricht, Tucholskys »Ratschläge für einen schlechten Redner« aber nie mit Gewinn gelesen hat. So hört sich das dann an: »Im Jahr 2004 wurde der Reformmotor nicht abgewürgt, obwohl er manchmal ins Stottern kam ... 2003 war das Jahr der Reformankündigungen, 2004 das Jahr der Umsetzungen ... Die Zeit des Unter-den-Tisch-Schiebens ist vorbei ...« – unbeabsichtigt immerhin gelingt dem Mann die Variation einer Phrase.

Doch selbst unter den Teppich gekehrt hätte die salbungsvolle Berieselung noch ihre Anödungskraft entfaltet: »Den Bürgern fehlt das Vertrauen in das Gelingen ... Eine Reformdividende ist nicht in Sicht ... Es geht um die drei Ks: Kontinuität – Konsistenz – Kredibilität ... zeigen, dass der Wagen Bundesrepublik eben nicht auf eine Wand zurast ... Deutschland wieder zukunftsfähig machen ...« In der euphemistisch plätschernden Rhetorik hätte man leicht überhören können, worum es der INSM geht. In Tietmeyersprache heißt das »positive Impulse für den Arbeitsmarkt durch Zusammenlegung von Arbeitslosen- und Sozialhilfe« und »Entschlackung des Arbeitsrechts«. Klingt zwar nicht besser als Massenarmut, aber kompetent aufgeblasen.

Anschließend ist Dr. Rainer Hank von der *FAS* an der Reihe, der Leitartiklerwörter wie »hochinteressant« und »freilich« sagen kann und 2004 das Jahr der »Bedenkenträger und Zauderer« nennt, »das Jahr der politischen Gegenreformation« – hier wird es erstmals parallelgesellschaftlich lutherisch-religiös. Weshalb auch die Exkommunizierung nicht fehlen darf; als »Blockiererin des Jahres« wird ausgerechnet die SPD-Tante Andrea Nahles gekürt. Wer so etwas Harmloses als Feind braucht, um den ist es selbst schwach bestellt – zumal ja Dr. Hank Frau Nahles als »muntere und engagierte Person« beschreibt und damit alles Jusotum auf Erden völlig korrekt definiert.

Die Laudatio auf den Preisträger 2004 Friedrich Merz hält dann Prof. Dr. Paul Kirchhof, der im vergangenen Jahr als erster den Reformerpreis erhielt. Kirchhof ergeht sich in Athletik, er will Merz »das Staffelholz weitergeben«, »den Siegerkranz flechten« und spricht fließend Brei: »beachtliche Impulse im Ringen« um was auch immer attestiert er Merz und bleibt im Sportjargon: Merz sei »einer, der das Holz ins Ziel tragen wird«. Jede Bretterbude, die einer vor der Rübe trägt, löst bei Kirchhof Begeisterung aus. Als in der ARD noch der »Galopper des Jahres« gekürt wurde, von Adi Furler, ging es vergleichsweise intelligent zu.

Von »Dankbarkeit und Erwartung« spricht Kirchhof, von »Aufbruch und Erwartung«, und gleich noch einmal vom »Geschenk der Hoffnung und Erwartung« – und meint damit Friedrich Merz, den er wahrhaftig den »Reformator« nennt. So hat man sich Friedrich Merz vorzustellen: halb Luther, halb dornengekrönter Christus der Reform. Es muss wohl Adventszeit sein.

Schließlich erklimmt der Heilige von Brilon selbst die Bühne: Friedrich Merz, unfreiwillig gemein als »Provokateur aus dem Sauerland« angekündigt, hebt an – und sagt: »Es ist fünf vor zwölf.« Warum eigentlich nicht sieben nach vier? Oder zwölf vor fünf? »Es ist fünf vor zwölf« – dass der ausgeleiertste aller Warnrufe nichts auslösen kann als nicht zu steigernde Langeweile, hat sich zu Friedrich Merz und seinen Anhängern noch nicht durchgesprochen.

»Wir Deutschen werden wie so oft in letzter Minute die Kraft haben«, orakelt Merz noch und beteuert, dass »die Anwesenheit aller« ihn »bestätigt und ermutigt«. Genau diese hysterisch-religiöse Fehleinschätzung der Realität teilt Friedrich Merz mit der kreischenden Frau von *attac*, die noch lernen muss, dass jeder Widerstand ohne angemessene Ästhetik zwecklos ist. Und wer muss ihr das sagen? Es sieht so aus, als ob auch das wieder einmal an mir hängenbleibt.

Wir sind Humorsoldaten

Die Achse des Blöden ist eifrig an der Arbeit; gleich zu Anfang des Jahres 2005 entblößten die Hauptkräfte der Niedertracht frisch, fromm, fröhlich und frei ihren Ehrgeiz. Der Kölner Kardinal Joachim Meisner, der schon 1999 die Abtreibungspille RU 486 auf die Stufe des in Auschwitz verwendeten Vernichtungsgases Zyklon B stellte, ohne dafür wenigstens dienstaufsichtsgeohrfeigt zu werden, legte zum Jahreswechsel 2004/2005 nach: Das »massenhafte Töten ungeborener Kinder«, log Meisner, stelle »alle bisherigen Verbrechen der Menschheit in den Schatten«. Sechs Tage später hatte er noch mehr Schauma-Shampoo vor dem Mund. »Wo der Mensch sich nicht relativieren oder eingrenzen lässt, dort verfehlt er sich immer am Leben«, begann Meisner wolkig seine Litanei, gewann aber zügig an Deutlichkeit: »zuerst Herodes, der die Kinder von Bethlehem umbringen lässt, dann unter anderem Hitler und Stalin, die Millionen Leute vernichten ließen, und heute, in unserer Zeit, werden ungeborene Kinder millionenfach umgebracht.«

Wer die historisch längst als Legende widerlegte Horrorgeschichte vom Kindermörder Herodes heute noch immer auftischt, siedelt sich selbst im Lande Balla-Balla an. Meisner bekam entsprechenden Beifall: Die aus der CDU mit großer Mühe entfernte antisemitische Litfasssäule Martin Hohmann fand Meisners alles mit allem verheulende Hasspredigt selbstverständlich ganz prima. Weil aber Paul Spiegel, Präsident des Zentralrats der Juden in Deutschland, Unterstützung fand, als er Meisners Kardinalsgemengele gleichermaßen als Beleidigung von Millionen Holocaust-Opfern wie andererseits auch von Frauen in einer Entscheidungsnotlage diagnostizierte, ließ Meisner das Wort Hitler aus seiner Hetzpredigt tilgen. Was die Angelegenheit doppelt verunangenehmte: Erstens ändert das taktische Entfernen der deutschen Festbeißvokabel Hitler nichts an der Vernichtungswut Meisners und seines Textes. Zweitens, wichtiger, wäre es ein großer Zivilisationsgewinn, wenn endlich einmal nicht mehr absurderweise ein Jude dafür herhalten müsste, sich bei chronisch antisemitschen Aufwallungen Deutscher zuständig zu erklären. Antisemitismus in Deutschland ist kein jüdisches Problem, sondern ein deutsches.

Deshalb sind auch die Deutschen, die Israel-Flaggen schwenken, eher rührend als intelligent. Manche nehmen das USA-Banner mit hinein in ihr Fahnengebinde, das ist besonders süß. Ihr Signal heißt: Huhu, hier sind 150 Selbstgerechte, um derentwillen Deutschland nicht bombardiert werden darf. Das kommt dabei heraus, wenn man glaubt, Moral sei ein Lebensmittel. Dann hängt man gläubisch auch an George W. Bush und seinem schlachtschiffreifen Bekenntnis zu Freiheit und Demokratie – die Wörter klingen doll, wie das Menschenliebezeug des Kardinal Meisner, aber Erfahrung lehrt, dass sie ganz anderes bedeuten.

Die Diskursschwadroneure des Landes möchten sich gern allem und jedem um den Hals hängen und »sich versöhnen« – also den Heino umarmen, den Wolf = Adolf, *Bild*, Meisner, Bush, alle und alles. Ihnen gegenüber stehen Humorsoldaten. Wenn es ernst, also richtig lustig wird, werden sie zeigen, was sie können.

Weihnachten: ungefickt zu Mutter

Heiligabend, Stichtag der Angst.

Zwei Spätheimkehrerinnen am Nebentisch berichten

»Also Mutter ist ja ein ganz saudummes Wort. Ich meine, allein schon so als Wort.« Die Frau am Nebentisch sagte das sehr entschieden, ihre Zuhörerin nickte heftig, und ich wurde wach. »Wie das schon klingt – Mutta!«, fuhr die Sprecherin fort. »Wie Mutant und Mutterboden. Ich denke immer an ›Psycho‹ von Hitchcock, wie Anthony Perkins mit dumpfer Stimme sagt: ›Hallo Mutter. Ich bin es, Mutter.‹ Und jetzt muss ich da wieder hinfahrn.«

Die Sprecherin hatte Leben in der Stimme, ein bisschen Rage und einen Anflug von Müdigkeit. Normalerweise schätze ich es nicht, im Café mit den Gesprächen fremder Menschen behelligt zu werden, aber diesmal war es mir ganz recht. Ich hatte Kaffee getrunken und die *taz* gelesen: Ein paar Lobbyisten erklärten Rudi Dutschke salbungsvoll zu ihrem ganz persönlichen Jesus und gefielen sich darin, eine Straße nach ihm benennen zu wollen. Befeuert von aktionistischer Seligkeit trompeteten sie die nachsinnige Idee in die Welt und machten die ganze Zeitung damit voll. Ob es an Weihnachten lag? Kitsch hat ja immer Konjunktur, aber wenn Heiligabend und das Christkind vor der Tür stehen, kommt der Terror in besonders dicken Happen. Ich hatte einmal die Archivaufnahme einer Dutschke-Rede gehört und wusste seitdem, was Brei auf Stelzen ist.

Den beiden Frauen am Nebentisch war der Studentenführer egal, sie drängte Persönlicheres. »Ich kann's auch nicht ab!«, stöhnte die zweite Frau auf. Bisher hatte sie nur zugehört und mit weiblicher Ermunterungsmimik den Redefluss ihrer Freundin am Leben erhalten. Nun aber sturzbachte es auch aus ihr heraus. »Wenn mein Bruder ›Mutti‹ sagt, muss ich brechen. Wie der das ausspricht – mit weichem ›d‹! ›Naaa, Muddi‹, sagt der dann. Gah! Man sagt doch auch nicht Muddi Waters. Ein erwachsener Mann von über vierzig ein ›Mutti‹-Sager! Und dann ist auch noch Weihnachten und man kann nicht mal abhauen.«

Verstohlen betrachtete ich die beiden Frauen. Sie waren selbst unzweifelhaft erwachsen, ich schätzte sie auf Anfang bis Mitte dreißig. Beide verfügten sichtlich über Schönheit und Energie, auch Angst war im Spiel. »Noch zwei Kaffee, bitte!«, sagte die kurz zuvor noch von ihrem Mutti-Bruder entsetzensgepeitschte Frau zum Kellner. Der bot mechanisch allerlei italienisch Klingendes an. »Nein, ganz normalen Kaffee«, entgegnete ihm die Frau. »Keinen Schaumscheiß, bitte.«

Ich folgte ihrem Beispiel, bestellte und bekam Kaffee und tat, als läse ich weiter Zeitung – die beiden Frauen sollten sich ganz unbeobachtet fühlen und schön weiter sprechen. Weil sie aber gerade Kaffee schlürften und Sprechpause hatten, heftete ich meine Augen wie hochkonzentriert ins Blatt – das mir nun damit kam, die Zeitung an sich sei etwas unglaublich Dolles, Rares und Erhaltungswürdiges und per se ein Ort der Kultur und des Geistes und überhaupt. Nicht schlecht, dachte ich. Die Zeitung thematisiert sich selbst, haut sich kräftig auf die eigene Schulter und verkauft das als Nachricht, während andere ihre Reklameartikel ja verschenken müssen. Ich überlegte, bei welchen Freunden des Überflüssigen der Trick wohl zöge – mein eigener Bedarf an Zeitung war drastisch geschrumpft, seitdem ich keine Ofenheizung mehr hatte.

Endlich rissen mich die Frauen am Nebentisch in die Wirklichkeit zurück; verglichen mit Zeitunglesen ist noch das kleinste Fitzelchen Leben sensationell. Die Frau, die so lustig tönern »Hallo Mutter« sagen konnte, hatte die Sprache wiedergefunden. »Die letzten Tage vor Weihnachten sind der reine Exodus«, hob sie an. »Du musst mal am Bahnhof kucken, was da alles nach Hause fährt. Und wie die aussehen – wie eine besiegte Armee. Hundeaugen, hängende Schultern, gebeugt, gebückt, zerdrückt – das ist die Weihnachtsfreude.« Sie lachte, hell und grimmig. »Und ich mache das auch! Weihnachten zuhause! Drei Tage Gesichter wie eingeschlafene Füße – all diese leeren, sexfreien Gestalten. Wenn man sich wenigstens auf Vorrat mit Geschlechtsverkehr vollhauen könnte! Und ausgerechnet jetzt« – ihre Stimme nahm Wut an – »habe ich Schluss mit meinem Freund! Weißt du ja, seit drei Wochen. Ganz schlechtes Timing.«

Ihre Freundin kicherte. »Wem sagst du das?«, fragte sie. »Bei mir ist doch auch seit 14 Tagen finito. Aus bloßem Ordnungssinn. Ich wollte das einfach noch im alten Jahr erledigt haben. Und jetzt müssen wir beide in diesen Film: Weihnachten ungefickt zu Mutter fahrn!«

Die beiden prusteten los und freuten sich so sehr, dass sie Champagner bestellten. Sie tranken und wiederholten, der Drohung ungeachtet, immer munterer und begeisterter: »Wir müssen mit der Eisenbahn / ungefickt zu Mutter fahrn!« Da lachte nun auch ich mit – woraufhin die beiden schlagartig verstummten, und dann wurden wir alle drei rot, so rot wie eine Weihnachtsmannmütze.

Flaschendrehen im Vatikan

Im April 2005 gab es eine dreiwöchige Interimszeit, in der sich die Welt in deutlich verbessertem Zustand präsentierte: Die Welt war ohne Papst. Diese schöne Phase hätte man gern noch ein bisschen ausdehnen können – so zirka ein bis drei Jahrhunderte für den Anfang.

Doch das katholische Ritual wollte es anders: Ein neuer Papst musste her. Zum Zweck seiner Wahl wurden 115 Kardinäle in einem Raum in Rom weggesperrt – auch das eine gute Sache, der ich eine lange Dauer gewünscht hätte. Ich will aber nicht verhehlen, dass auch kindliche Neugier im Spiel ist: Was machen die da eigentlich? Irgendwann lassen sie weißen Rauch aufsteigen und haben einen neuen Papst, aber wie haben sie ihn bestimmt? Was vollzieht sich da genau?

Mein Freund und Kollege Fritz Eckenga kam zu der Ansicht, dass der Papst durch das Spiel »Die Reise nach Jerusalem« bestimmt wird. 114 Stühle für 115 Kardinäle, und dann immer man jöh im Kreis herum. Die Vorstellung ist lustig, doch ich fürchte, sie entspricht, allein schon des Durchschnittsalters der Teilnehmer wegen, nicht den Tatsachen. »Die Reise nach Jerusalem« in der Sixtinischen Kapelle – das wäre ja beinahe ein *Iron Pope*.

Meine Recherchen ergeben, dass der Papst durch Flaschendrehen ermittelt wird. Dabei wird zunächst ein älterer Kardinalskollege auf den Fußboden gelegt. Ein jüngerer, noch rüstiger Kardinal packt ihn bei den Knöcheln, gibt ihm – wuschsch! – richtig schön Anschwung und dreht ihn im Uhrzeigersinn auf dem Boden. Irgendwann verlangsamt sich die Fahrt, der Kardinal trudelt aus und liegt still, und auf wen sein Kopf zeigt, der muss es machen, der ist der neue Papst.

So wurde Joseph Kardinal Ratzinger im April 2005 zum Papst gemacht; er nahm die Wahl an – und arbeitet seitdem unter dem Pseudonym Benedikt XVI.

Ratzinger ist einer der Ehrgeizigsten unter der Sonne; nach seiner Papstwerdung wurde das auffällig hektisch und vehement bestritten – die überzeugendste Form der Bestätigung ist oft ein überstürztes, nur scheinbar grundlos abgegebenes Dementi.

Weil Ratzinger schon immer so überaus viel vorhatte, hörte ich nicht weg, wenn er mich anpredigte – wie beispielsweise im November 1996, als er im Radio unter anderem Folgendes äußerte: »Die erste Reform, die wir brauchen, ist die, der Botschaft Jesu Christi treuer und ähnlicher zu werden.«

Was meinte der Mann damit? Man konnte es nicht wissen. Der verquollene Satz war nicht zu verstehen – man musste ihn zunächst ins Deutsche bringen. Hier ist die Übersetzung:

Ratzinger will Jesus werden
Die Menschheit soll wie Jesus werden
Nicht erst im Himmel, nein: auf Erden?
Doch ich sage nur: Wohlan –
Ratzinger, geh du voran!
Du willst sein wie Jesus Christus?
Nimm den Hammer, und dann bist du's!
Vergiss die langen Nägel nicht
Denn du bist kein Leichtgewicht.
Vorbildlich für alt und jung
Ist die Eigenkreuzigung.

Schon in drei Tagen bist du schlaff
Bis dahin grüßt dich: Drostes Wiglaf

Ma, Ma, Ma, Matriarchat

2000 Jahre Christentum sind mehr als genug. Solange das Schmerzensmanna aber die Kultur- und Glaubensindustrien ernährt, wird es weiter verfüttert – und erstaunlicherweise gern gegessen. »Sakrileg« von Dan Brown ist ein gewaltiger Bestseller und deutlich an die dritte Geschichte um den Abenteuerhistoriker Indiana Jones angeflanscht. Auch bei Brown wird heilig gegralt, wispernd geheimgebrüdert, schwer intrigiert und sinister gemordet, und das Hörbuch wird von Wolfgang Pampel gesprochen, der deutschen Synchronstimme von Harrison Ford.

Hilft aber alles nichts – zumal Pampel ein paar Tips zur englischen und französischen Aussprache nicht geschadet hätten. Den britischen Akzent einer Figur spricht er wie von Mister Pumpernikkel gelernt, und, wenn ich das als Nichtgläubischer anmerken darf: »4000 Jahre vor Christi« gibt es nicht. Entweder heißt es »vor Christi Geburt« oder »vor Christus«. Das mag jetzt unchristlich pingelig sein, ist aber schlicht wahr.

Nicht ganz so bildungsgesättigt und professoreneitel wie Umberto Eco geht Dan Brown mit Religionsgeschichte hausieren, aber auch im Vulgärformat ist das Erzählte stets erwartbar: Die Amtskirche ist ganz schlimm fies – isses wahr? Opus Dei wird erstmals als kriminelle Organisation enttarnt – wirklich? Und die Frauen wurden von der Kirche aber sowas von unterdrückt, dass wir solidarisch »Ma, Ma, Ma, Matriarchat!« singen wie einst Les Humphries und seine debile Truppe. Und dann weinen wir ein bisschen, denn genau darum, ums herrliche Matriarchat, sind wir alle betrogen worden: Jesus und Maria waren ein Königspaar und hatten eine Tochter, doch die Herren Apostel,

Bischöfe, Kardinäle, Päpste, allesamt Männer eben, schwiegen diese Wahrheit tot.

So steht es in »Sakrileg« von Dan Brown, erschienen im Wissenschaftsverlag Bastei Lübbe, und muss also stimmen. Dass Männer nicht in der Lage sind, die Welt weise sich drehen und den lieben Gott einen guten Mann sein zu lassen, haben sie in ausreichender Menge bewiesen. Es wäre also nur fair, wenn sich auch die Frauen beim Weltenlenken blamieren dürften, denn das Recht, sich zur Nuss zu machen, gilt für alle. Wo aber soll der Vorteil eines Matriarchats liegen, wenn man statt Jesus nun Maria am Hacken hat? Solange das Gläubische im Boot ist, braucht man von Zivilisation nicht zu sprechen.

Der Preis für die Lektüre oder das Anhören von »Sakrileg« ist hoch – das Zeug ist in stilfieser, klischeegesättigt triefiger, karstadtwühltischkompatibler Sprache abgefasst: »Wie das Murmeln von Geistern aus der Dunkelheit vernahm Langton das Echo längst verhallter Worte. Die Suche nach dem Heiligen Gral ist die Wallfahrt zu den Gebeinen Maria Magdalenas. Es ist die Sehnsucht, zu Füßen der Verleugneten auf die Knie zu sinken und zu beten. Ehrfürchtig kniete Robert Langton nieder. Den Bruchteil einer Sekunde glaubte er, eine weibliche Stimme zu hören: das Flüstern uralter Weisheit, das aus den Tiefen von Mutter Erde zu ihm drang.«

Mutter Erdes Tiefen, sie miefen. Oder liefen – davon, vor soviel Kitsch, und schrieben sich lieber ein kleines Gedicht:

Mutti Erde und Matri Archat
Suchten die dritte Mutti zum Skat.
Mama Gdalena war gern mit dabei
Und putzte sie Schneider, mit zweien spielt drei.

Schmonz mit Rilke, Vol. 3

Die Kunst der flächendeckend aufdringlichen Werbung beherrscht das Tastenduo Schönherz & Fleer, dessen »Rilke Projekt« man nicht entgehen kann. Selbst auf Fahrplänen der Deutschen Bahn musste man erfahren, dass die vorzüglichsten Nervensägen des Landes sich im pathossattesten aller deutschen Dichter vereinten, in Rainer Maria Rilke.

Schon für die ersten beiden »Rilke Projekt«-CDs, »Bis an alle Sterne« und »In meinem wilden Herzen«, standen bewährte Öltanks wie Peter Maffay, Iris Berben, Veronica Ferres und Klaus Meine zur Verfügung. Teil 3 der Serie, »Überfließende Himmel«, knüpft nahtlos an den Glitschkitsch an: »Vor lauter Lauschen und Staunen sei still, / du mein tieftiefes Leben«, ächzt, randvoll falscher Andacht, Barbara Sukowa, dazu ertönt Soße.

Auch Hannelore Eisner ist kein Klischee zu ausgefleddert: »Heute will ich dir zu Liebe Rosen / fühlen, Rosen fühlen dir zu Liebe, / dir zu Liebe heute lange lange / nicht gefühlte Rosen fühlen, Rosen«, knospt und seufzt sie die Metaphern mit genau dem aufgesprayten Orgasmustimbre, das man von ihr erwarten durfte.

»Ist es möglich? Ist es möglich?«, flötet der Berufswimmerer Xavier Naidoo. »Ja, es ist möglich«, knäckert Wolfgang Niedecken mit Correga-Tabs-Timbre retour und entlässt eine weitere aufgepumpte Rilke-Frage aus dem Hohlraum zwischen seinen Ohren: »Ist es möglich, daß man Jahrtausende Zeit gehabt hat, zu schauen, nachzudenken und aufzuzeichnen, und daß man diese Jahrtausende hat vergehen lassen wie eine Schulpause, in der man sein Butterbrot ißt und einen Apfel? Ja, es ist möglich.« Ei sischer dat, allerlei is möglisch, aus einer Oberfläche kann sogar eine »Oberfläsche« werden, wenn der Sprecher eine Oberflasche ist und Wolfgang Niedecken heißt.

Katja Riemann möchte sich ebenfalls mit Rilke groß machen. Ihre fahldürre Stimme behauptet: »von solchen Sternen ohnegleichen / hat meine Seele oft geträumt«, obwohl sie über so etwas wie Seele hörbar nicht verfügt. Der unvermeidliche Ben Becker »will leise Träume träumen« – und weiß doch gar nicht, was das ist, leise.

Dem penetranten Getue mit Rilke entspricht das kunstgewerblich wabernde Wallewalle, das Angelica Fleer und Richard Schönherz zusammenkomponiert haben. Im geschenkpostkartenhaft aufgemachten Booklet schwärmen sie adäquat glibbrig von der »begeisterten Resonanz« und von ihrer »künstlerischen Vision«. Die aber heißt: Velveta Schmierkäse von Kraft – und wird, wenn es nach ihnen geht, wohl niemals enden. Ob sich Schönherz & Fleer in Teil 4 des »Rilke Projekts« dann bitte auch an die Vertonung von Rilkes Gedicht »Für Lulu« wagen werden? Zur Kenntnis und zur Inspiration hier die mittlere Strophe, 100 Prozent Rainer Maria Rilke:

»Sieh, ich bin nicht. Denn die Anderen sind; / während sie sich zueinander kehren / blind und im vergeßlichsten Begehren –, / tret ich leise in den leeren / Hund und in das volle Kind.«

Wer wird diese Tretmine, in Tragödenpose selbstverständlich, rezitieren? Heinz Rudolf Kunze, die deutscheste aller Doggen? Und werden dann endlich auch diese drei großen Menschheitsfragen beantwortet: Was ist ein leerer Hund? Was ein volles Kind? Und warum tritt Rilke in beide hinein? Das alles möchte man doch unbedingt wissen.

»Ich liebe dich auch, Papa«

Nancy Sinatra und eine Zirkusband gaben ein Konzert im großen Sendesaal des RBB

»My name is Richard Hawley, I come from Sheffield, England.« Der Mann im violett changierenden Anzug war Gitarrist bei Pulp und ist es nicht mehr. Weil Pulp-Sänger Jarvis Cocker 2004 zwei Lieder für Nancy Sinatras Comeback-Album schrieb, die Hawley mit einspielte und produzierte, bestreitet der Gitarrist und Sänger mit seiner eigenen Band das Vorprogramm auf Nancy Sinatras erster Deutschlandtournee. Die fünf Musiker spielen getragene, elegische Songs, was einen menschgewordenen Mitteilungsdrang im Publikum erstaunlicherweise dazu bringt, ständig etwas dazwischenzurufen. Richard Hawley antwortet ihm höflich, das hat er der Lüllbacke voraus. »Where is Nancy?«, will der Krampfkopf nach dem vierten Lied lauthals wissen. »Nancy? She's doing her hair. She looks great«, gibt Hawley zurück und spielt eine Ballade, die seine Liebe zu den Liedern von Nick Drake offenbart. Sieben Songs spielen die fünf Musiker – und damit ist der musikalische Teil des Abends weitgehend vorbei.

Denn Nancy Sinatra hat eine Zirkusband mitgebracht, allen voran zwei Gitarristen, die mit Heldenposen und Rockgitarrismusklischees vollgesogen sind und die eine Zierde jeder Gockel-Bar in Eberswalde wären. Der Schlagzeuger läßt seine Trommelstöcke durch die Finger laufen, wirft sie hoch und fängt sie wieder auf – es ist sowas von verboten, aber das hat ihm keiner gesagt, und von alleine weiß er es nicht. Es beginnt mit »Bang! Bang! (My Baby Shot Me Down)« von Sonny & Cher, überhaupt ist das musikalische Material dieses Abends gut, aber die Lieder bekommen keine Chance. Der vierköpfige Bläsersatz flüchtet sich in Pantomime, sitzt da wie der Altenklüngel in »Asterix auf Korsika«, macht Faxen und amüsiert sich.

Nancy Sinatra sagt »Hallo, Berlin. My name is Nancy.« Das Publikum, hauptsächlich solvent aussehende homosexuelle Paare und Frauen mittleren Alters, mag so etwas, und so setzt Frau Sinatra eins drauf. »Sie sind ein wundervolles P… P… – audience, hahaha«, sagt sie, »Publikum« rufen einige Zuschauer zur Bühne, der Animationsteil hat hingehauen.

Der Sound ist undeutlich, kleisterig. Nancy Sinatra, 64, klein und im Gesicht stark operiert, stakst durch den Abend, blickt leer in den vollen Saal, macht farblose Conférencen, spricht über ihren »friend and mentor Morrissey«, der auch ein Lied zu ihrer letzten CD beisteuerte und sie zu ihrer Rückkehr zur Musik erst überredet haben soll. Aber was nützt der vielgerühmte Name, wenn der Gitarrist mit konfektioniertem Pathos am Wah-Wah-Hebel seines Instruments herumzerrt? Die Bläser machen lustige Miene zum Spiel und stehen von ihren Stühlen auf wie just exhumiert.

Auch »Two Shots of Happy, One Shot of Sad«, eins der ganz wenigen anhörbaren Lieder, die der *U2*-Weltrettungsangeber Bono schrieb, geht in die Grütze – einer der beiden Gitarristen schickt es mit Fingerschnipsen auf den Todesstreifen.

Dann singt Vater vom Band – Frank Sinatras Stimme ertönt, wir hören den Klassiker »Something Stupid«, Band und Nancy Sinatra machen mit, und als es vorbei ist, sagt die Tochter hohl in den Raum: »Ich liebe dich auch, Papa.« Es erinnert fatal an Erich Mielkes letzte Rede: »Ich liebe … ich liebe doch alle … alle Menschen.« Da steht ein kleines, trauriges Mädchen, hat das Ruhestandsalter erreicht und ist niemals erwachsen geworden.

Richard Hawley kehrt auf die Bühne zurück, um bei »Baby's Coming Back to Me« auszuhelfen, es nützt nichts, der Zirkusbrei, den die Band grienend anrührt, lässt keine Musik zu. Bei »You Only Live Twice« läuft alles aus dem Ruder, unfreiwillige Dissonanz durchfräst das Trommelfell. »These Boots are Made for Walking« ist als Höhepunkt fest eingeplant und geprobt, das Licht im Saal geht an, Frau Sinatra wendet sich dem Publikum zu, man tanzt gemeinsam, alles steht auf und kuckt, was da Schunkeliges vor sich geht in der Welt der Freizeitanimation.

Ihrem ehemaligen musikalischen Partner Lee Hazlewood, der im September 2002 ein großes Konzert im Berliner Schillertheater gab, widmet Nancy Sinatra noch ein Lied – Hazlewood liege im Krankenhaus, alle Gedanken möchten bitte zu ihm fliegen, sagt sie.

Hazlewood aber, ganz anders als Nancy Sinatra, beherrscht die schwere Kunst des würdigen Alterns. Als der betrübliche Abend vorbei ist, nehme ich meiner Süßen ein Versprechen ab: Sollte ich in 20 Jahren in einem solchen Zustand und mit einer solchen Band eine Bühne betreten wollen, nimm bitte einen Schürhaken und hau richtig zu!

Steinstarke Schildkröte

Unbeeindruckt von tanzenden Waldorfsalaten machten Lou Reed und Band kompetenten Hochqualitätskrach

Lou Reed lässt sein Publikum ein kleines bisschen warten im Berliner Tempodrom, deshalb bleibt Zeit, den Blick durch den Saal schweifen zu lassen. Linker Hand der Bühne sitzt ein Veteran, er trägt ein Hemd mit dem Aufdruck »The Velvet Underground«, sein langes, weißes Haar hat vom Rauchen tausender Zigaretten etwas Gilb angenommen. In der ersten Reihe hat sich jemand eine dieser Sportsonnenbrillen ins Gesicht gepflanzt, von denen man annehmen darf, dass sie auch innen voll verspiegelt sind. Familie Drogenkopf ist angetreten; Lou Reed gilt, auch als 60-Jähriger noch, vielen als die Essenz des Coolseins durch Substanzeinwurf, und das müssen sie dann auch sehr uncool zeigen.

Um zwanzig nach acht betritt Lou Reed die Bühne, in heller Hose und weinrotem T-Shirt. Der Schlagzeuger, ein Kanten von Mann, schreitet zu seinem Set, das mit einer Plexiglaswand umbaut ist. Der Drummer verrichtet seine Präzisionsarbeit mit Kopfhörern, bei Lou Reed heißt das Erste Gebot: Du sollst nicht schludern. Die Cellistin setzt sich, Gitarrist und Bassist schnallen sich ihre Waffen um, auch Lou Reed greift zur elektrischen Gitarre, nach jedem Stück bekommt er ein frisch gestimmtes Instrument hingereicht und spielt es prüfend an. Der Mann ist der Chef und verströmt Autorität und Härte, aber wenn ihm die Arbeit seiner Leute gefällt, lächelt er anerkennend, beinahe mild. Dann sieht Lou Reed aus wie eine freundliche Schildkröte, alt, steinstark und durch nichts aus der Ruhe zu bringen.

Unter seiner Anleitung entfacht die Band kompetenten Krach, Lou Reed sprechsingt »You're an Adventurer«, mit dieser grundcoolen Stimme, die zupackt, ohne sich im mindesten anzustrengen. Sein Wunsch nach Kontrolle geht so weit, dass auf der Bühne Teleprompter stehen, von denen er notfalls Texte ablesen kann – im Laufe des Abends scheint es, als ob er sie dann doch nicht brauche. Nach ein paar Songs erreicht Lou Reeds Stimme dunkles, brüchiges, abgründiges Terrain, »Ecstasy … uuuh … aaah … Ecstasy«, Cellistin und Bassist streichen eine Klangwand unter die Stimme.

Lou Reed und sein Bassist tauschen die Instrumente, es wird Funk gespielt, die beiden Gitarren feuern einander an, der Schlagzeuger hämmert wuchtig, athletisch und federnd, »Guilty« und »So Bad« spricht mit Steinmassivstimme Lou Reed und lässt den Bass treiben. Die Musik lockt Publikum vor die Bühne, zwei junge Männer werfen die Gliedmaßen, der Selbstdarstellungsakt ist in der Nebelzone zwischen Haschischdampf und ewig eckenfreier Waldorfschule angesiedelt. Sind die beiden also ausdruckstanzende Anthroposophen?

Lou Reed wirft einen flüchtigen Blick auf die zwei hampelnden Waldorfsalate, winkt seinen Gitarrenroadie heran, flüstert ihm etwas, das der wiederum einem Sicherheitsmann steckt, der den Auftritt der tänzelnden Jungmänner dann unblutig beendet. Lou Reed, daran lässt er keinen Zweifel, ist nicht von New York nach Berlin gekommen, um ganzkörperschlenkernde Faxenköpfe zu ermutigen. Mir ist das sehr recht. In der Kunst gelten strengere Gesetze als im Leben. Eins davon heißt: Eurythmie, fick dich ins Knie!

Gegen die notorischen »Yeah!«-Schreier und Auf-den-Fingern-Pfeifer erweist sich die Welt als machtlos. Besonders bemüßigt zu ihrem musikalitäts- und taktfernen Treiben fühlen sich die Halunken des Lärms, wenn es leise wird und besonders intensiv – also auch, als Lou Reed »I Wish I Had a Talking Book« singt, mit gemeißeltem Gesicht. »Slip Away« von den »Songs for Drella«, den Liedern für Andy Warhol, gibt es, beim harten »Watch for Trouble, Girl« ist die Cellistin nicht auf der Bühne, als wolle oder solle sie die Worte über das »motherfucking face« einer Frau nicht hören, bei »Telltale Heart« klingt ihr Cello dann um so wüster, sie lässt es kreischen, jaulen, heulen und dröhnen, sehr zur Freude des menschlichen Ohrs.

Mancher deutsche Freizeit- und Amateurpapst befindet sich im Publikum, Lou Reed scheint in nicht wenigen Männern den Wunsch zu wecken, die Menge zu segnen, aber vielleicht brauchen sie Lou Reed auch gar nicht dazu und heben immer die Hände, wenn sie unter Leute kommen. Lou Reed singt »It must be great to disappear, to have a vanishing act« – es ist ganz still, Lou Reed geht das Risiko ein, in einer 5000 Menschen fassenden Halle so filigran zu werden, dass eine kleine Handvoll Rohlinge den Zauber zerstören könnte. Den die anwesende Kreisch- und Pfeifsorte Mensch dann doch nicht kaputtkriegt, obwohl sie sich alle Mühe gibt, aber Lou Reed ist zu stark.

Und hat die richtige Antwort für alle Nervensägen dabei. »Why do you talk so much? Why do you waste time? Why do you make sounds? Why don't you listen?« Die Musik dazu ist martialisch und perfekt, mit höchster Konzentration und Energie gespielt von einer fantastischen Band und ihrem Kopf, der nichts dem Zufall überlässt. Es ist das Gegenteil von Rockmusik zum Sich-dufte-Fühlen.

»We love you. Thank you so much for coming«, sagt Lou Reed, nachdem er mit berechtigtem Stolz seine Musiker vorgestellt hat. Als Zugabe gibt es »Perfect Day«, dann ist Schluss, und wir müssen zurück in eine Welt, die dem Universum Lou Reeds an Schönheit, Klarheit und Präzision weit unterlegen ist.

Be My Number One

Joe Jackson gastierte in Berlin und hatte Todd Rundgren und das Streichquartett Ethel dabei

EIN HELD AUS ALTEN TAGEN ist so freundlich, in Berlin Station zu machen: Joe Jackson, der vor mehr als 20 Jahren im »Rockpalast« vor einer Meute fühlloser Saufause seinen »Slow Song« spielte und dem hohlen, aber keineswegs leisen Schreihallenpublikum notgedrungen die Wahrheit sagte: »I've never seen so many drunken Germans in all my life.«

Das war wundervoll, der billige Vorwurf der Arroganz griff nicht, Jackson verteidigte nur seine Kunst und versuchte, auch live die Bedingungen herzustellen, die sie braucht. Das war im Konzertsaal der Berliner UdK nicht nötig, Brüllbunken waren so gut wie keine anwesend.

Zunächst betraten zwei stabile Herren und zwei mähnige Damen die Bühne. Streichinstrumente in den Händen, nahmen sie auf einem Podest Platz: Ethel ist ein New Yorker Kampfstreichquartett; dramatisch, kompliziert und vertrackt wurde ordentlich was weggebratscht. Es war nicht alles Ethel Sonnenschein: Irritierend wirkte der physische Volleinsatz. Die Cellistin ruckelte vogelartig verzückt mit dem Kopfe, machte Grimassen für drei und trampelte mit ihren Stilettopumps auf den Boden, als wolle sie zum Erdmittelpunkt durchbrechen. Ihre enge weiße Lurex-Hose wurde von einer Konzertbesucherin mit jener Eiseskälte kommentiert, zu der ausschließlich Frauen vordringen können – wenn sie nämlich über andere Frauen sprechen: »Mit Cellulitis würd ich so 'ne Hose aber nicht anziehen.« Das zweifelsfrei hochmusikalische Quartett gab unverdrossen alles, mal klang es, als sollte Vivaldi auf

Dope zersägt werden, und beim fünften Stück, einem Mississippi-Shuffle, entfachten die vier ein wahres Nervensägewerk.

Winkend verließen Ethel die Bühne, das Podest wurde beiseite gerollt, fünf Minuten musste noch gewartetet werden. Um 20 Uhr 40, endlich, stakste Joe Jackson auf die Bühne, schlaksig und linkisch, in einem mild violetten, innen rot gefütterten Frack, setzte sich an den Flügel und begann mit »My Hometown«. 1954 wurde Jackson im südenglischen Portsmouth geboren. Wie er sich als Musiker seinen Weg durch ein Meer von Ignoranz bahnte, hat er in seiner grandiosen Autobiographie aufgeschrieben, unter dem Titel »Ein Mittel gegen die Schwerkraft – Musikalische Wanderjahre«, auf deutsch 1999 im Göttinger Satzwerk Verlag erschienen.

»My Hometown« geht fast nahtlos in »Stepping Out« über, den großen Hit vom »Night and Day«-Album. Jackson bevorzugt bei den ersten Stücken das Singen im Diskant, wählt geradezu klötengequetschte Tonlagen, und zu den auch ihrerseits eierschneidenden Hochtönen passt die qualvolle Ekstasemiene, die er aufsetzt. Jackson entspannt sich und spricht freundlich distanziert mit dem Publikum. Beim letzten Mal sei er mit seiner Band in Berlin gewesen, erzählt er, einige Zuschauer juchzen begeistert los, und Jackson hat die Pointe: »the band that is now DEAD«, er sagt das mit großer Freude, setzt aber begütigend hinzu: »but died happy.«

Es folgen »Awkward Age« und »Take it Like a Man«, und der erste Höhepunkt ist die Ansage zu »Love at First Light«. Jackson spricht über die fatale Situation des Aufwachens neben einer Person, die man am Abend zuvor kennenlernte. Fragen gehen einem durch den Kopf: Ende oder Anfang? Was kommt jetzt? Wer bist du? Wenn ich mich doch nur an deinen Namen erinnern könnte ...! Dass Jackson sein Publikum als »cynical Berliner« anspricht, gefällt den Leuten, und dann spielt Joe Jackson eins dieser Lieder, wie nur er sie schreibt: sehnsüchtig und sarkastisch in einem. Was Jackson an Intelligenz, Sprachwitz und Musikalität in ein einziges Stück investiert, steht vielen erfolgreicheren Kollegen nicht für ihr ganzes Lebenswerk zur Verfügung, und ein fantastischer Pianist ist er sowieso.

Sein nächster Pfeil trifft direkt ins Herz: »Won't you be my number two?«, die verbotenste Frage, die man stellen kann und eines der schönsten aller Trauriglieder. Ein unveröffentlichtes Stück folgt, »Citizen Sane«, und mit dem guten, alten »Is She Really Goin' Out With Him?« verabschiedet sich Jackson. Bei »Look Over There!« ruft ein Teil des Publikums »There!« und klatscht mit, sofort wechselt er das Tempo, auch die Mitschnipser werden rhythmisch düpiert. Zu dieser Daumen-Mittelfinger-Unart hat Kai Struwe in seinem Lied »Jazz und Musik« alles Notwendige gesagt: »Schnippt mein Nachbar mit, kriegt er einen Tritt, das ist doch zu verstehn.« Pause.

Todd Rundgrens Part des Abends ist dran. Der Herr trägt Halblangfrisur, das Deckhaar blond gefärbt, getönte Brille, verheerendes rot-gelbes Sakko überm lindgrünen Hemd und bizarres Beinkleid. »Danke scheen« sagt er und lobt die »good looking people« in den ersten Reihen, schrammelt die Gitarre, bei »Love Infidel« werden Verzerrer und Rockerpose eingeschaltet, Sprung mit der Gitarre inklusive, nach fünf Songs wechselt er ans Klavier, macht Stimmakrobatik, zieht alle Pathosregister, fistelt, jault und fiept, es ist ein bisschen traurig anzusehen. Das Spiel mit der Ukulele wirkt pausenclownig und schon latent unwürdig, und würden Tönelangziehweltmeisterschaften ausgetragen, Todd Rundgren wäre auf dem Treppchen. Den

»Gospel Spirit« will er exorzieren und singt »You've Got to Hide Your Love Away« von den Beatles – aber was schreit er denn immerzu? »One World« kommt mit Quantenstampfen zur Gitarre, auch dieser Mann gibt alles, aber weniger wäre ein Meer der Erleichterung und Freude.

Ethel kehren zurück, frisch umgezogen, aber das einoperierte Stoßstangenlächeln mit Käseeckenmundwinkeln hat die Cellistin nicht in der Garderobe gelassen. Mit Ethel als Begleitband streift Rundgren den tristen Charme des einsamen alten Sängers ab, nicht aber den Drang zu dauerndem Hochleistungsgesang. Zum Finale kommt Joe Jackson auf die Bühne. »It feels like it was yesterday, but it was nineteenhundredeightyfuckingtwo«, sagt er lachend, und dann singt er das große »Real Men«. Das Lied hat alles, was Grönemeyer mit »Männer« sagen wollte, aber nicht konnte, weil er eben Herbert Grönemeyer ist und nicht Joe Jackson.

Drei Songs gibt es noch zu sechst, nun wird alles Musik, davon hätte man gern mehr gehört. Dann ist finito, den nicht wirklich gut besuchten Saal kommentiert Joe Jackson auf seine feine britische Weise: »Bring your friends next time.«

Erst Gniedelfitz, dann Lambchop

Auf meine einigermaßen entsetzte Anfrage hin, warum er denn die ebenso vollständig überflüssige wie vor allem penetrant lästige Band The Jeremy Days veranstalte, gewährte mir vor Jahren ein Berliner Konzertveranstalter Einblick in die Geschäftspraktiken seiner Branche. »Ich musste die nehmen!«, bekannte er in einer Mischung aus Verzweiflung, Wut und Resignation. »Sonst hätte ich drei Klassebands, die ich unbedingt wollte, nicht bekommen.« Ich verstand nicht. »Wenn du Pech hast, setzt dir die Plattenfirma oder die Künstleragentur die Pistole auf die Brust«, erklärte er. »Die haben ja nicht nur Leute unter Vertrag, die du willst, sondern zum Teil auch echte Grütze. Und dann musst du für drei schöne Konzerte eben auch einmal ganz tief ins Klo greifen.«

Ob am 21. Juli 2004 auf der Berliner Museumsinsel, als die fünf Herren von Tortoise das Warten auf die 13 Musikerinnen und Musiker von Lambchop erheblich erschwerten, solch ein Erpressungskasus vorlag, ist mir nicht bekannt. Wer immer aber die Idee zu diesem absurd gemischten Doppel hatte, verfolgt entweder krude Interessen oder hat sich, auf welche Art auch immer, um Gehör und Gehirn gebracht. Die erste Stunde wollte und wollte nicht vergehen. In Herstellung und Verbreitung von Langeweile durch selbstverliebtes Handwerkergefingere stand Tortoise dem perfidesten Jazzrock aus den siebziger Jahren des 20. Jahrhunderts in nichts nach: Mit dicker Geste produzierten sie heiße Luft, Hintergrundgepladder für schlechte Clubs. Dem Ding-de-ring-de-ring, Pling-plang-pling-plung wurden elektronische Fuzzeleien und allerlei Mätzchen am Vibraphon hinzugetan. Tortoise heißt Schildkröte; damit der gute Name dieser sympathischen Gattung nicht weiter in Verruf gebracht und auch der Musikfreund nicht länger bösartig irregeführt wird, schenke ich der Band einen Namen, der stimmt: Gniedelfitz.

30 Minuten Pause waren dringend nötig, um das Geknörmel wieder aus den Ohren zu puhlen. Dann kamen Lambchop auf die Bühne, und es gab Musik von der zartesten Art. Trotz der zum Aufdrehen einladenden Freiluftbedingungen spielte die Band um Sänger und Komponisten Kurt Wagner zurückhaltend leise und verleitete damit das teilweise stark Würstchen essende Publikum zur Konzentration.

Eine solche Band, klasse und selbstbewusst genug, um auch im Angesicht von Rohlingen nicht den Fluchtweg in die Lautstärke anzutreten, hätte man Nick Drake zur Seite gewünscht, dem schwermütigen, hochpoetischen britischen Sänger und Songschreiber, der sich mit 26 das Leben nahm. 30 Jahre ist das her, Kurt Wagner scheint viel Nick Drake gehört zu haben. Zeit genug dazu hatte er; Ewigkeiten lang war Lambchop notgedrungen eine Hobby-Band, erst mit dem Album »is a woman«, das 2001 erschien, kam der Erfolg – also die Möglichkeit, nicht entfremdet zu arbeiten und diese Arbeit zu präsentieren. Beides hat die Band getan, Lambchop war und ist reichlich auf Tournee und veröffentlichte 2004 gleich zwei neue Alben, »AWCMON« und »NOYOUCMON« (Aw, come on / No, you come on).

So sehr Kurt Wagners Stimme immer wieder sekundenlang an Nick Drake denken lässt, ist sie bei aller Sanftheit und Brüchigkeit präsenter, und sie hat Soul. Es gibt nicht viele, die Curtis-Mayfield-Songs covern können, ohne böse abzustürzen – Wagner, das hat er mehrfach bewiesen, kann es. An diesem Abend bleibt er jedoch fast ausschließlich im ruhigen, scheuen, melancholischen Bereich seiner stimmlichen Möglichkeiten. Auf Ansagen verzichtet er nahezu – seinen »big fat mouth«, sagt er, will er »shut« halten, zugunsten der Musik. Das ist weise – was gestrichen ist, nervt erst gar nicht. Und wer kann schon so zauberhafte Ansagen wie der Brite Graham Parker, der seinem amerikanischen Publikum gegen Ende des Kalten Krieges diese Sottise unterjubelte: »Thank God I'm no Russian! Imagine being a Russian – living with all this misinformation over there! You know, all these Russians think that Billy Joel is a rock'n'roll singer! Can you believe it?«

Mit der akustischen Gitarre vorn sitzend, kann sich Wagner auf eine der musikalischsten Bands stützen, die je zu hören war: Im Hintergrund fügen sich Schlagzeug, zwei Bässe und drei Gitarren, eine davon ab und zu gegen ein Saxophon getauscht, ohne jede Kunstnaht ineinander, vier präzise Streicher werden, anders als so oft im Pop, nicht als Schmierkäse eingesetzt – wo man nicht mangelnde Fähigkeiten kaschieren muss, kann man souverän auf Brei und Kleister verzichten. Am Flügel sitzt mit Tony Crowe ein Großkönner, der – sonst auch für Bonnie Price Billie alias Will Oldham – die Songs in die schönsten Töne treibt. Der Klang ist, auch in Abwesenheit eines geschlossenen Raums, den ich jedem Lambchop-Konzert wünsche, klar und differenziert – es geht eben, wenn man es kann, doch ganz anders als im dumpfen Rock.

Für schwerste Irritation im Publikum sorgt Wagner, als er nach nur 45 Minuten zum Abschied winkt. Man will es nicht glauben: Wie? Was? Schon vorbei? So lange – und zwar unter schwersten Opfern! – gewartet, und das war es jetzt? O böser, böser Interruptus! Angst will sich breitmachen, Unmut auch, da kehrt die Band zurück. Es ist nur ein

Missverständnis, »I'm a bit of an idiot«, sagt Wagner lässig und erklärt die freimütige Selbstbezichtigung: nicht einmal die Zeit könne er richtig berechnen – offenbar hatte er angenommen, die Partie aus Lärmschutzgründen um kurz nach 22 Uhr abbrechen zu müssen.

So gibt es immerhin noch drei Stücke, beim letzten, einem Sisters-of-Mercy-Cover, steht Wagner erst auf, singt dann in der Hocke, erhebt sich wieder, singt weiter – Teile des Publikums werden frenetisch. Der Argwohn, das Publikum bejuble klischeefixiert dösig das bedauerliche Aufgeben der sehr angenehmen Zurückhaltung eines Popstars, geht hier einmal fehl: Um über die Runden zu kommen, arbeitete Wagner bis vor drei Jahren als Fliesenleger, fing sich durch giftige Lösungsmitteldämpfe eine schwere Lungenkrankheit ein und kann seine Konzerte deshalb üblicherweise ausschließlich im Sitzen absolvieren. Was aber nicht heißen soll, dass er sich mit starken, symbolgesättigten Auftritten und Abgängen nicht bestens auskennt: Beim Abschied zündet sich der Lungenleidende Wagner eine Zigarette an – und entschwindet in die Nacht, die leuchtende Glut in der Hand.

Heidegger und Heidi, Schnappi schnappi schnapp

Scheinbar ironisch, in Wahrheit debil: Die Deutschen sind übergeschnappit

ICH MUSS ETWA ZEHN oder elf Jahre alt gewesen sein, als ich erwachsenen Menschen dabei zusah und zuhörte, wie sie sich zu sehr seltsamer Musik sehr merkwürdig bewegten und lauthals einen Text mitsangen, dessen Substanz sich meinem vorpubertären Bewusstsein nicht erschließen wollte. »Rucki-zucki«, sangen die Erwachsenen euphorisiert, »Rucki-zucki«, wobei sie die Arme in die Luft warfen und aufgepeitscht damit herumschlenkerten, »Rucki-zucki«, um dann, wie kollektiv an- und heimkommend, eine überraschende Conclusio zu behaupten und in den Raum zu stellen: »Das ist der neuste Tanz!«

Durch frenetische Wiederholung wurden alle eventuell vorhandenen Zweifel an dieser eher windigen These niedergemacht; spätestens nach dem siebten oder achten Mal war die Spaßtanztruppe eingenordet und gemeinschaftlich verschworen in dem einen gleichermaßen selbstbewusst vorgetragenen wie vollständig bewusstlosen Satz: »Rucki-zucki, Rucki-zucki, Rucki-zucki, das ist der neuste Tanz!«

Mein kindliches Gemüt kollidierte harsch mit der Empfindung von Peinlichkeit; ich genierte mich nicht wenig für die Aktivitäten, die diese Älteren entfalteten. Warum taten sie das? War das etwa lustig? War es nicht vielmehr ausschließlich grauenhaft? Und warum schämten sie sich nicht?

Einige Jahre später kam eine Mode auf, die unter dem Namen »Ententanz« traurige Berühmtheit erlangte. Die Menschheit hat viele Verbrechen auf sich gehäuft; als ich Augenzeuge einer unter Animationsbeschuss stehenden

Seniorengruppe wurde, die sich im Rhythmus von »Ta-da-da-da-da-da-daa, Ta-da-da-da-da-da-da-daa, Ta-da-da-da-dat-ta-ta-ta-taa« bewegte, war ich mir sicher, ein fundamentales Vergehen wider jede Menschenwürde beobachtet zu haben. Menschen, die zu so etwas fähig waren, würden sich und anderen auch jede andere erdenkliche Grausamkeit zufügen, das war klar. Von UN-Blauhelmeinsätzen war damals noch nicht die Rede; heute weiß man, dass nur ein entschlossener militärischer Einsatz der Menschheit auf die Sprünge hätte helfen können. Doch feige und populistisch, wie sie das immer tut, versagte die Politik im Angesicht maximaler Gemeinheit.

Die direkte Folge dieses Appeasements war die »Polonaise Blankenese«; zwar riefen einige »Wehret den Anfängerkursen!«, doch diese Stimmen wurden überschrieen; es folgten die Reanimation des deutschen Schlagers und die Love Parade. Nun, da es zu spät war, wurden chinesische Spezialeinheiten angefordert, die auch den Potsdamer Platz in einen Platz des Himmlischen Friedens verwandeln sollten. Die Chinesen aber lachten sich nur ins Fäustchen und sahen dem Westen beim Ersaufen in seiner eigenen Kultur zu.

Der Vorgang des Ertrinkens wird von vielen Ertrinkenden als ein fröhlicher Ausflug ins Spaßbad empfunden; während sie von einer Welle der Eigenblödheit in Tsunamistärke zerdullert werden, singen sie begeistert: »Schni-Schna-Schnappi, das kleine Krokodil.« Das reimt sich prächtig auf debil, und exakt das ist der Zustand: Die Deutschen sind längst jenseits jeder Grenzwertigkeit angekommen. Das ist zwar nichts ganz Neues, sorgt aber auch als älterer Hut für grenzenlose Begeisterung. »Schni schna schnappi, Schnappi schnappi schnapp, Schni schna schnappi, Schnappi schnappi schnapp.« Dringend vermisst werden der Reim auf das regressive Happi-Happi und der auf das Tierfutter Chappi; hier besteht, wie es immer heißt, »Handlungsbedarf«, hier muss »nachgebessert« werden.

So gewaltig ist das Trostbedürfnis im Land, dass zum Trost auch das Trostfernste noch herangerakt wird. Wonnig werfen sich die Landsleute jedweder Verblödung in die Arme und werden aggressiv, wenn nicht alle mitmachen. »Ausgrenzung ist Menschen verachtend«, mahnte der *taz*-Popularist Jan Feddersen und stimmte sein ewiges »Legalize jeden Scheiß«-Liedchen an. Wer sich der Einübung des kollektiven Irrsinns entzieht, ist auf dem besten Weg, ein Volksfeind zu werden; wer nicht übergeschnappit ist, dem wird Humorlosigkeit unterstellt. Humor haben heißt in Deutschland immer noch, als Teil der Masse »Jaaaaahhhh!« zu brüllen. Beziehungsweise eben: »Schni schna schnappi, Schnappi schnappi schnapp, Schni schna schnappi, Schnappi schnappi schnapp.«

Das Lied von »Schnappi, dem kleinen Krokodil«, ursprünglich einmal für »Die Sendung mit der Maus« kuckende Kinder im Vorschulalter produziert, hat seinen Siegeszug durch die Erwachsenenhohlschädel des Landes angetreten. Im Tanzclub fehlt es ebenso wenig wie auf dem Spitzenplatz der Hitlisten, Tanzschulen bieten den »Schnappi«-Tanz an. Die Gelegenheit, sich zum Obst zu machen, wird dankbar und euphorisch ergriffen von trübe funzelnden Existenzen, die es lustig finden, ironisch leben zu wollen. Kuckt mal, rufen sie, ich wälze mich in Doofheit – cool, oder?

Nein, ganz und gar nicht. Die Methode Augenzwinkern und durch ist so lustig, wie wenn man sich selbst unterm Arm kitzelte und dann losjohlte, Hhö-hhö-hhö, Bruhaha. Es ist die Freude am Betreten intelligenzbefreiter Zonen – hier und nur hier kann der Kopfstecker vom Netz gezogen werden, ohne dass der Vorgang des Vomnetzgehens wehtäte. Aufgefüllt werden die von jeder Restratio befreiten Köpfe mit einem Gemisch aus Heidegger und Heidi. Es verhält sich wie mit dem kollektiven Anschauen des Films »Der Untergang«: Im geistfreien Raum kann Heimat erfühlt werden, Identität und Bei-sich-Sein im Selbstmitleid; in heimatlicher Eigentlichkeit wird man eins mit sich und der Masse zugleich. Der gewalttätige Vorgang wird als angenehm empfunden von abgeschalteten Menschen, die aber immer noch lärmen, zucken und lauthals sich zeigen. Sie mit dem nassen Handtuch zu erschlagen, gebieten Sinne und Verstand; der Gesetzgeber untersagt es.

Etwas Tröstendes aber wohnt auch dieser Angelegenheit inne. Die Apostel der ironischen Affirmation, die jede kopfgesteuerte Betrachtung menschlicher Lebensweisen als »out!« denunzieren und sich zu Einpeitschern der Jasagerei herabgewirtschaftet haben, verdonnern sich damit selbst zum Schnappi-Tanz. Ich sehe sie schon vor mir, in der Berliner Mommsenstraße, in der Redaktion des *Merkur,* der Zeitschrift für deutsches Denken: Kurt Scheel und seine Autoren singen »Rucki zucki, das ist der neuste Tanz« und »Schni schna schnappi, das kleine Krokodil« – denn auch zum Waschen der Gehirne nimmt der Mensch Persil.

Stein und Steinpilz, Frau und Mann

Graubünden ist ein so leckerer Schweizer Kanton, ich möchte Graubünden aufessen. Nicht auf einen Happs und auch so vorsichtig, dass immer alles schön nachwächst. Sonst wäre Graubünden ja komplett weg, und das wäre furchtbar, zumindest kulinarisch. Ich möchte nicht nur einmal Salsiz de Stambecco bekommen, wie die Steinbocksalami hier appetitanregenderweise heißt. Die Jagdsaison ist eröffnet und verspricht lauter liebe Tiere, Steinpilze und Maroni gibt es auch. In der Rhätischen Bahn von Chur nach St. Moritz überlasse ich meinem Bauch das Kommando, mein Bauch träumt für mich.

Die Süße dagegen liest Hacks. Die Frau veredelt den Mann, das olle Viehzeug, wenn es sich das gefallen lässt. Aller Antrieb zur Kulturleistung ist weiblich oder homosexuell, ein heterosexueller Mann hat für so etwas keine Zeit. Er muss jagen, nein: jarrgen, um sich den Marrgen vollzuschlarrgen. Auch das Dichten fällt unter das Jagen, denn für das Dichten gibt es Geld, und für Geld gibt es manches, was man braucht. Das sieht dann auch die Frau ein, sehr sogar.

Die Süße liest den großen Monolog »Ein Gespräch im Hause Stein über den abwesenden Herrn von Goethe«, den Peter Hacks für die Schauspielerin Karin Gregorek schrieb. Ich bekomme daraus vorgelesen, was unverheiratete Männer wie ich für Schurken sind: »Die Junggesellen wollen uns weismachen, sie mieden die Anstrengungen der Ehe, weil sie für die Liebe geboren seien. Was sie in Wahrheit meiden, sind die Anstrengungen der Liebe.«

Mag sein, doch mein Magen und meine Zunge sind bei drei Jahre gereiftem Bergkäse und Hirschsalsiz, und deshalb gebe ich, zwar gewohnheitsmäßig die Fassade des Hochinteresses errichtend, dahinter aber nur unwesentlich anwesend, zurück: »Stein? Es gibt Steinpilze? Wunderbar!«

Die Süße reckt ihre langen, schlanken Arme nach oben, ballt die Fäuste, wirft unwirsch das dunkle Haar und macht eine wegwerfende Handbewegung. Zum Glück müssen wir in Thusis umsteigen, ins Postauto nach Andeer. (Postauto klingt nach Kleinwagen, ist aber der Bus.) Mir fällt ein Telefonat mit Richard Weize von Bear Family Records ein. Weize rief mich an, um mir mitzuteilen, dass in einer Hörbuchangelegenheit die Frage der Rechte noch ungeklärt sei. »Ich sage dir das«, sagte er zum Schluss, »damit du dich nicht ignoriert fühlst.«

»Kein Problem«, antwortete ich. »Wenn du dich mal nicht meldest, fühle ich mich nicht gleich ignoriert.«

Weize konterte mit einer seltsamen Frage: »Bist du verheiratet?«

»Nein«, sagte ich.

»Warst du mal verheiratet?«, fragte er. Wahrheitsgemäß verneinte ich abermals. »Dann«, sagte Weize trocken, »weißt du auch gar nicht, was ignorieren heißt.«

Ich wandte mich wieder meinen Steinpilzträumen zu. In Andeer stiegen wir aus, um das Postauto noch einmal zu wechseln – unser Reiseziel hieß Avers, auf 2100 Meter Höhe, wo ich zu einer Lesung gebeten war. Die Süße zitierte noch einmal Hacks und seine Frau von Stein und deklamierte mit gespielter Bitternis: »Wehe der Unglücklichen, die unternimmt, einen Dichter zu lieben.«

»Stimmt genau«, gab ich gern zu. »Aber einen Designer hätten sie sicher nicht nach Avers eingeladen.«

Stämmig, verzeigt und gebüsst

DIE SCHWEIZ VERSTRÖMT einen kulinarischen, sprachlichen und journalistischen Luxus, von dem sich die deutschen Gürtelengerschnaller und Geizgeilfinder täglich mehr entfernen. Am Freitag, den 10. September 2004 meldet die im Kanton Graubünden erscheinende Regionalzeitung *Die Südostschweiz* unter der Überschrift »Pilzfrevler aus Italien erwischt« folgende Geschichte:

»Trotz Schonzeit haben mehrere Personen gestern und am Mittwoch an verschiedenen Orten im Kanton Pilze gesammelt und dabei auch weit mehr als die erlaubte Menge von zwei Kilo pro Person und Tag mitgenommen. Wie die Kantonspolizei Graubünden mitteilte, wurden auf der Alp Flix oberhalb Sur gestern drei Personen erwischt, die insgesamt 52,5 Kilo Pilze gesammelt hatten. Am Tag zuvor waren am gleichen Ort zwei Personen mit neun Kilo Steinpilzen kontrolliert worden. In Nufenen wurden zwei Männer gestern mit elf Kilo Steinpilzen angehalten, und auf der Lenzerheide musste ein Pilzsammler am Mittwoch acht Kilo Steinpilze abgeben. Bei all diesen Pilzsammlern handelte es sich um Italiener. Sie wurden verzeigt und mussten Depots von jeweils mehreren hundert Franken hinterlegen.«

Als ich das las, musste ich beinahe weinen: 52einhalb Kilo Steinpilze! Und jeder Schweizer darf zwei Kilo Steinpilze pro Tag sammeln – das macht bei einer Schonzeit von zehn Tagen im Monat in Graubünden pro Gierschlund immer noch 40 Kilo im Restseptember. 40 Kilo stattliche Gnubbelmänner: So sieht das Paradies aus – in das aber nicht unbefugt eingedrungen werden darf, nicht in der ordentlichen Schweiz. Kriminelle hat es zwar eigentlich keine im Land der schneeweißen Westen; wenn es aber doch welche gibt, handelt es sich garantiert um Italiener. Kriminelle sind in der Schweiz Italiener, immer. Sollten einmal ausnahmsweise keine Italiener zur Hand sein, sind die Kriminellen wenigstens »italienischstämmig«. Ein schönes Wort, italienischstämmig: Man sieht stämmige Italiener vor sich, rund und knuffig gebaut, weil das Glück nun einmal nicht dürre, mager und klapprig sein kann.

Der nicht ertappte, sondern wie im »Räuber Hotzenplotz« von Wachtmeister Dimpfelmoser nach guter alter Art »erwischte« Kriminelle wird in der Schweiz nicht angezeigt, o nein: Er wird verzeigt. Da ist der autoritär tadelnde Zeigefinger noch mit im Wort, und nach dem Verzeigtwerden wird man in der Schweiz nicht bestraft – man wird gebüsst! Das ist unmissverständlich, klar und unlabbrig: Sie haben Pilze gefrevelt? – Sie werden gebüsst! So aufregend lebt es sich ausschließlich in der Schweiz: stämmig, verzeigt und gebüsst.

Der Schweizer parkt nicht, er parkiert. Er zieht auch nicht um, sondern zügelt. Er telefoniert auch nicht mit dir – er gibt dir ein Telefon. Anfangs war ich enttäuscht, wenn ich nach der Ankündigung »Ich gebe dir ein Telefon« eben kein Telefon, sondern stattdessen einen Anruf erhielt. Aber das gab sich und wich der Freude am eigenwilligen Ausdruck. Und noch etwas haben die Schweizer, um das ich sie sehr beneide. Das ist der Zustupf. Ein Zustupf ist ein Zubrot, eine zusätzliche finanzielle Zuwendung. Zustupf, o ja, Zustupf, Zustupf, Zustupf! Ich sehe meine Omma vor mir, wie sie mir etwas zu schlickern, ein Geldstück oder ein Klöpschen zusteckt, nein: zustupft. In einer Welt ohne Zustupf zu leben ist ganz sinnlos, dann kann man es besser gleich sein lassen. So – und jetzt möchte ich einen Zustupf von 40 Kilo Steinpilzen, herbeigetragen über die Alp Flix, von stämmigen Männern aus Italien.

Die Welt als Beute oder Feind

Warum Gang-Food soviel besser schmeckt als Gen-Food

Scharf konturiert stand er da, klein, hart und smart: James Cagney, die Knarre in der Schusshand, in der anderen ein Hühnerbeinchen. Biss ab und schoss, duff-duff-duff!, in den bemannten Kofferraum eines Wagens hinein. Damit hatte es sich: Das Problem war beseitigt, der Verräter hinüber und nur ein weiterer erledigter Fall. Cagney nagte nochmal am Hühnerknochen, dann fuhr er davon, neuen Schandtaten entgegen – genau wie es zu sein hat in der Gangsterwelt, die nur Beute kennt oder Feinde.

Killen und knabbern in einem Atemzug – ist das nicht unglaublich roh und brutal? Gewalttätig und dazu auch noch zynisch? Also quasi doppelt unmoralisch und geradezu obszön? – Ich fand es cool. Ich war ein Junge.

Der ohne Wissen der Eltern bei Omma gekuckte Film mit Cagney war schwarzweiß und sehr aufregend, er hatte Flair, ihn umwehte der Reiz des Verbotenen und Verruchten. Diese klassischen Gangstertypen waren hart und klar, wer sich ihnen in den Weg stellte, hatte das selbstverständlich zu bereuen. Sie waren rau, aber das war die Welt auch – und dann war da dieser lässige Biss ins Hühnerbeinchen, der sagte: eat or be eaten, friss oder werde gefressen.

In Cagneys unschlagbar unverschämter Geste schwang die Lust an der eigenen Gefährlichkeit mit. Sich den Weg freischießen und dabei das gute Leben nicht aus den Augen verlieren, das war es doch. Zum Krimi hatte Omma mit mir von der Bude zwei halbe Hähnchen und zweimal Pommes Frites mit Mayonnaise geholt, für mich damals ein grandioser Luxus – ich habe den Geruch noch in der Nase, wie die Grillhühnchen und die Pommes Frites durch das warme rosa Packpapier dufteten. Auch wenn Omma, die keine Ma Dalton war, selbstverständlich bezahlte: Der schönste Zug im Leben ist der Beutezug.

Ich weiß nicht, ob alle Kinder Filmgangster lieben – viele tun es, und sie haben Grund dazu. Gangster haben viel Kindliches an sich, und sie erfüllen viele Kinderwünsche: Sie tun dauernd, was man nicht darf, und sie kommen damit durch. Sie sprengen die Konvention, verstoßen gegen die Regeln, sie sind maßlos, sie wollen alles, möglichst auf einmal. Sie sagen: Her mit den großen Scheinen, her mit den guten Sachen, her damit zu mir, und wenn einer etwas dagegen hat, kriegt er – dunk! – eins auf die Omme, und Schluss ist mit der säuerlichen pädagogischen Beschwerde, dass es so aber nicht geht.

Ihre Widersacher, die Polypen, die Polizysten, die Schupos, die Wachtmeister, die Mehlmützen und Bullen tragen schlecht sitzende Uniformen oder schäbige Anzüge, haben Gramfalten um den riechenden Mund, Haarausfall und eine meckernde Frau zu Hause – und dürfen statt ins Hühnerbeinchen ins Gras beißen. Beziehungsweise allenfalls in ein unansehnliches Würstchen, also quasi in sich selbst. Da fällt die Wahl zwischen Gendarm und Räuber leicht.

Wie Kinder verkleiden sich Gangster gern – am liebsten als Gangster. Spätestens seit Francis Ford Coppolas Verfilmung von Mario Puzos »The Godfather« wollen alle echten Gangster aussehen wie die Jungs im Film. Und tun es: Protzteuer gekleidet laufen sie durch die Welt, immer mindestens eine Nummer zu großspurig, um wirklich gut angezogen zu sein. Herausgeputzt wie die Christbäume versenken sie scharf gefaltete Geldscheine in die Brusttaschen von Kellnerjacketts, ihre Finger tätscheln gönnerhaft die

Wangen Untergebener. Mit ihren übertriebenen, öldick aufgetragenen Gesten der Freundschafts-, Ehr- und Respektsbezeugung sehen sie aus wie Gangster spielende Kinder auf einer Kostümfeier. Das komische Bild aber täuscht: Die Löcher, die Gangster in andere machen, sind echt und weder komisch gemeint noch komisch.

Es ist jammerschade: Vom richtigen Gangster schimmert, leiderleider, keinerlei romantische Utopie ab. Er ist ein Stinkemann, ein Fiesling, eine richtige Arschgeige, ein Totmacher und Folterer, ein Soldat also – bei dem sich alles um die gehirnfreien Fragen dreht, wo und wie der maximale Profit zu holen und wer der Chef ist und wer handkehrum zu kuschen hat. Das stilisierte Ethos des Gangsters, wie man es aus den Filmen Jean-Pierre Melvilles kennt: Vergiss es. Unsere Koks-, Heroin-, Waffen- und Menschenhändler sind Unternehmer und haben so viel Ethos wie die mit ihnen zusammenarbeitenden Minister, Regierungschefs, Arbeitgeber- und Polizeipräsidenten. Da ist die Spezies unter sich.

Die vollendet humorfreie Innenwelt des Umbringens ist in Martin Scorseses »GoodFellas« zu besichtigen: Wer sich gegen die selbstherrliche Aufgeblasenheit eines Gangsters mit auch nur mildem Spott zur Wehr setzt, kann sich gehackt legen. Der wird mit großkalibrigem Blei gefüllt, und der Mörder sieht nur enerviert nach, ob sein aufgedonnerter Paartausenddollaranzug eventuell einen Blutspritzer abgekriegt hat. Das fände er ekelhaft, da könnte er richtig sauer werden.

Scorseses Film, nach einer wahren Geschichte erzählt, zeigt allerdings auch die herzwärmende, attraktive Seite des Gangstertums. Selbst im Knast müssen die taffen Jungs nicht auf das leckere Leben verzichten: Säckeweise wird ihnen das beste Futter in ihre zur Privatpension umgerüsteten Zelle gekarrt. Es gibt riesige Krustentiere in Eiskisten, frische Pasta, guten Wein und gediegene Spirituosen. Ein dem Schiffsschaukelbremser und Fußballmanager Rudi Assauer im Habitus nicht unähnlicher Gangster in dreiviertellangem Bademantel, Socken und Plastikschlappen brät, eine gewaltige Zigarre in der Klappe, teppichvorlegergroße Steaks und nuschelt einen seiner Kumpane an: »Wie möchtest du dein Steak?« – »Medium!«, schallt es zurück. – »Aaah, medium«, mümmelt der an der Zigarre nuckelnde und das Fleisch wendende Mann. »Ein Aristokrat.«

Diese bollohaften Wiseguys, durch die Bank betrügerische Rattenpackler, diskutieren mit aufrichtigem Interesse im bequemen und unwürdig aussehenden Freizeitdress die Fleischklopse in der Tomatensoße. »Nimm nicht zuviel Zwiebeln!«, mahnt ernsten Gesichts der gut sattgefressene Boss, der mit einer Rasierklinge Knoblauch in so hauchdünne Scheiben schneidet, dass sie im heißen Öl zerschmelzen. »Drei kleine Zwiebeln!«, verteidigt sich der Angeklagte, bekommt aber noch einmal zu hören: »Nicht zuviel Zwiebeln!«

O ja, o ja, o jammi, schön ist so ein Leben!, jauchzt der Betrachter, dem der Magen zu knurren anfängt: So ist es richtig, das bringt es, das will ich auch: Gang-Food statt Gen-Food! Das macht viel mehr Freude als Oblatennuckeln, Maggi-Terrinen oder Hagebuttentee und Margarinegraubrot mit eingeschweißtem Plastikkäse auf Klassenfahrt in die Jugendherberge, bei Presbytern, die ein schlechtes Leben als Indiz für Redlichkeit verkaufen, was immer sie sich von dieser Lüge auch versprechen. Nein, nein, nein! Solchen Trauerpampf wollen wir nie mehr verzehren – wir wollen tafeln!

»Reseda, bring Wein und Wurst, aber nicht von dem

Zeug für Gäste!«, ruft ein exilkorsischer Wirt in »Asterix auf Korsika« – auch er ein Mann mit Verbindungen zur Unterwelt. Genau: Nicht von dem Zeug für Gäste wollen wir futtern, sondern richtig. Da haben die Gangster völlig recht: Ein Leben ohne Privilegien ist kein Leben.

Knust oder Knifte?

Wie das Brot zur Sprache kommt

»Wer möchte den Knust?«, fragte meine Mutter, denn der Knust, das harte Endstück des Brotes, hatte in der Familie mehrere Verehrer. Mein Vater, meine Brüder und ich hatten kräftige Zähne im Mund, nur Omma musste den Knust aus Gebissensgründen verschmähen. Knust klang nicht nur gut, Knust schmeckte auch ganz besonders rustikal und gemütlich.

Das galt auch für die Kniften, die uns in die Schule mitgegeben wurden. Knifte ist ein anderes, schöneres Wort für Klappstulle – stulle, als Adjektiv, heißt schließlich stumpf, gaga, matt und blöde. Das erfuhr ich allerdings erst später, etwa zu der Zeit, als ich lernte, dass eine Schnitte nicht notwendigerweise eine Scheibe Brot sein muss; Schnitte ist auch die Bezeichnung für ein appetitliches Mädchen. »Kuckma die schicke Schnitte!«, riefen wir als Pubertäter nicht selten, fern der Ahnung, wie stulle wir waren. Ein befreundeter Fotograf, der zum Gelderwerb hin und wieder Aufnahmen von Models machte, nannte diese Tätigkeit salopp »Schnitten schießen«.

Anders als Schnitten sind Schnittchen wirklich nur Schnittchen: liebevoll angerichtete, geviertelte Brote, also nicht jenes trostlose Zeug, das in manchen Kommissar-Wallander-Krimis von Henning Mankell aufgetischt wird, auf dass der Mensch ewig in Furcht lebe vor pappigen Erzeugnissen mit dem mundaustrocknenden Namen belegte Brote.

Wie kräftig und saftig klingt dagegen die Knifte! Ich weiß noch, wie meine kleine Schulbrottasche roch, nach Leder und nach Brot, und die Düfte von Cervelatwurst,

Schinken, Braunschweiger, Käse und geschältem Apfel schwirrten auch in der Tasche, die nachmittags, wenn ich Indianer war, mein Jagdbeutel war, gefüllt mit Pemmikan, der Eisernen Ration der Rothäute. Eingewickelt waren die Kniften in Pergamentpapier, das aber ausschließlich Butterbrotpapier hieß. Der Schritt vom Brot zum Butterbrot ist der vom simplen Stillen des Hungers zu Genuss und Luxus. Umgekehrt stimmt das auch: Wenn einer dem anderen sprichwörtlich nicht die Butter aufs Brot gönnt, will er ihn armselig vegetieren sehen. Weshalb man sich ja auch von niemandem die Butter vom Brot nehmen lassen soll.

Als ich einem Rheinländer eine Knifte, also eine Butterbemme anbot, lehnte er dankend ab – den Kanten möge er nicht so gern, sagte er. Für ihn war die Knifte, was für mich der Knust war. Es gibt noch andere verlockend klingende Wörter für den knuffigen Brotrand: Knörzel, Kruste, Krüstchen und Kürste, und in Sachsen heißt er Ranft, im Diminutiv Ränftel, mit ä – hat also nichts mit der alten DDR-Undergroundcombo Renft zu tun. Wohingegen der holländische Rock'n'Roll-Sänger Herman Brood tatsächlich etwas von einem Grundnahrungs- und Überlebensmittel hatte: »Ohne Brood kann man nicht leben«, hieß es auf einem seiner Plakate, und in seinen selbstverschwenderisch alles hergebenden Konzerten löste Brood diesen Satz restlos ein. Als der Musiker am 11. Juli 2001 vom Dach des Amsterdamer Hilton Hotels in den Freitod sprang, hinterließ er einen Zettel mit dem Abschiedssatz »Brood is op« – Brot ist alle.

So traurig mich das stimmte, so angenehm unchristlich war es. Der Christ hat zum Brot ein verkniffenes, zwanghaftes Verhältnis; aus einem essbaren Brotlaib macht er gleich den heiligen Leib Christi, und der schmeckt nach

Sauertopf und Erpressung – oder, in Form der Hostie, nach gaumenklebrigem Esspapier. Ein früherer Freund, der als Pfarrerssohn in der Lüneburger Heide aufwuchs, berichtete von der Drangsal mit Brotes Hilfe. Dem jeweils folgsamsten und streberhaftesten seiner Kinder räumte der Pastorenvater am evangelischen Esstisch eine Sonderstellung ein und sprach salbungsvoll: »Du warst heute artig, du darfst das Brot brechen.« Bei solcher Beseppelung kann man weit mehr brechen als das Brot.

Auch dass er nicht vom Brot allein lebe, muss sich der Mensch schon ziemlich lange anhören und also dauernd nach Höherem streben, um seiner Existenz eine schwerkulturelle Berechtigung zu geben; in einem Akt der Notwehr wurde das zur Zivilisationsleistung verpflichtende Diktum »Der Mensch lebt nicht vom Brot allein« durch einen raueren Reim ausgekontert: »Er braucht dazu auch Schnaps und Wein.« Ähnlich erging es Goethes tragikheischender Zeile »Wer nie sein Brot mit Tränen aß«; auch mit ihr trieb der Volksmund schön respektlose Dönnekes: »Wer nie sein Brot im Bette aß / weiß nicht, wie Krümel pieken.«

Um sein Bett überhaupt vollkrümeln zu können, muss man das Brot erstmal haben. Wie kommt der Mensch zum Brot? Gemäß der traditionellen protestantischen Arbeitsmoral hat er es sich zu verdienen, im Schweiße seines Angesichts. Das tägliche Brot wird erworben in Diensten des Brotherrn, bei dem der Abhängige entsprechend in Lohn und Brot steht. Dieses streng archaische Patriarchenmodell wurde modernisiert und sprachlich aufgemöbelt, die Verniedlichung hielt Einzug. So kam der salopp und dufte klingende Brötchengeber in die Welt, bei dem Papi analog und quasi im Vorbeigehen seine Brötchen verdient, um die sich am Sonntag vormittag fröhlich grinsende Rama-, Flora-Soft- und Sanella-Familien versammeln. Doch obwohl sich das Brötchenverdienen angeblich soviel lockerer vollzieht als der Broterwerb, hat sich die Angsthasen-Einheits-Hymne der angestellt Beschäftigten nicht verändert. Lauter denn je wird sie geschmettert: »Wes Brot ich ess', des Lied ich sing'.«

Brot und Spiele heißt das Futter für die Massen; am Brot kann gespart werden, an den Spielen nie. »Freiheit und Brot!« dagegen ist die erste Forderung jeder Revolution. Die Modifikation »Land und Freiheit!« meint nichts anderes: Es geht um das Land, auf dem man unabhängig sein Brot erwirtschaften kann. Brot ist ein Synonym für Leben und Überleben, und frei sein kann nur, wer Hunger nicht leiden muss – während das esoterische Geschwätz von der »inneren Freiheit« nur dumm ist, geradezu dumm wie das Brot. Der Dummheitsvorwurf an das Brot klingt absurd – wieso sollte ausgerechnet Brot intelligent sein? Und doch ist die Invektive wirkungsvoll: Als ich, Vertreter traditionell brotlos genannter Künste, über einen in Berlin amtierenden Chefredakteur wahrheitsgemäß schrieb, ich hätte schon Toastbrote verzehrt, die ihm an Klugheit weit überlegen waren, ließ er ein Publikationsverbot verhängen. Diesen Brotschuh zog er sich an.

Es gibt viel verbalen Blödsinn mit Brot, oft mit religiöser Patina: »Brot für die Welt«, den Karnevalswitz »Aber die Wurst bleibt hier« inklusive; die ersten Frauenläden nach 1968 nannten sich vollprogrammatisch »Brot & Rosen« – das klang gut, aber auch sehr gewollt. Gegner des Silvesterfeuerwerkswesens forderten »Brot statt Böller«, woraus einige Nichtliebhaber katholischer Schriftstellerei »Brot statt Böll« machten, was nicht ganz abwegig war – schließlich hatte Heinrich Böll mit seinem »Brot der frühen Jahre« seinen Anteil an der galoppierenden Brotmetapherei.

Was aber jedem Brot die Kruste und jeder Knifte den Knust ins Gesicht haut, ist die Schwartau-Marmeladenreklame, die ich im Sommer 2004 erstmals sah: »Wellness aufs Brot.« Als ich diesen Schischi las, fiel mir der Titel eines Gewaltfilms ein: Ein Mann sieht Brot. Wie mag der Werbetexter aussehen, der das ersann: »Wellness aufs Brot«? Ich weiß es nicht, ich träume nur: Mögen eine knäckebrotene Libido und ein finncrispiger Teint sein gerechter Lohn sein, sein täglich Brot.

Gierschlund Rote-Bete-Mund

Rote Bete mochte ich von Anfang an. Erstmals begegneten mir die Kameraden in Form der Sauerkonserve; purpurrot und nur murmelgroß schwammen sie im Glase, das ich mit einem entvakuumisierenden »Knack!« öffnete und sie wegfutterte, eine nach der anderen. Den Saft trank ich auf ex hinterher und wischte mir mit dem Handrücken über den nassen roten Mund wie eine Gestalt aus Polanskis »Tanz der Vampire«.

In Scheiben geschnittene eingelegte Rote Bete gab es auch, aber die war vergleichsweise mau – das Glück ist kugelförmig, so ist die Welt beschaffen. Als die alte Nachbarin Frieda Husmann, die selbst Rote Bete zog, zum ersten Mal einen Korb voll gnubbeliger roter Wurzeln in den Garten meiner Eltern brachte, staunte ich: Kreisrund wie der Haarausfall von Lebensmitteldesignern waren die nicht, eher sehr divers auswüchsig, und die Größe variierte von etwa tischtennisball- bis leicht kinderkopfgroß.

Die Zeichnerin Yvonne Kuschel, deren Familie schlesischen Ursprungs ist, empfahl mir Rote Bete als Rohkost. Ich folgte ihrem Rezept, das nicht nur gesund, sondern auch sehr essbar ist, gebe aber nach mehrfacher Anwendung zu bedenken: Auf diese Weise zubereitet ist die Rote Bete vom Zerraspeln bis zur Verdauung, die ja zwischen den Zähnen beginnt und erst nach der Darmpassage endet, ein hartes, langwieriges Geschäft.

Womöglich sind die Nachfahren der Ostpreußen weniger zähebereit als die der schlesischen Weber; nach meiner Kenntnis sind sie insgesamt genussfreudiger und -süchtiger. So garte ich, Enkel und Sohn ostpreußischer Frauen, die Rote Bete, was erstaunlich lange dauert, je nach Umfang zwischen 45 und 75 Minuten. Anschließend wurden sie, wie ich es als Kind in Indianerbüchern gelesen hatte, gehäutet und in Streifen geschnitten. Den unpraktischen Marterpfahl ließ ich weg, träufelte der Roten Bete stattdessen Balsamicoessig und Olivenöl in die offenen Wunden und wälzte sie in Salz, buntem Pfeffer und feingehackten Koblauchzehen und Schalotten, weil das schön zwiebelt.

Unter den warm dampfenden Salat hob ich ebenfalls frisch gekochte, gepellte und in Spalten zerteilte Kartoffeln der Sorte Bio Linda, deren leuchtend buttergelbe Farbe sich auf das schönste mit dem Dunkelrot der Roten Bete verband. So wie die Kartoffeln sich errötend mit dem Saft der Roten Bete vollsogen, so freudig wurde alles weggefuttert. Mir fiel eine Ermahnung aus Kindertagen wieder ein: »Du alter Gierschlund!«, hatte es da nicht selten geheißen. Gierschlund, o ja, Gierschlund, was für ein schönes Wort – während eine vom deutschen Sprachrat eingesetzte Jury, die u. a. aus Jutta Limbach, Herbert Grönemeyer und dem doch eigentlich guten Schriftsteller Uwe Timm bestand, die Armseligkeitsvokabel »Habseligkeiten« 2004 zum schönsten deutschen Wort kürte und damit die asoziale Hartz-IV-Gesetzgebung sprachlich mitvollzog.

Ähnlich launeverderberische Wirkung entfaltet das Wort »Nachhaltigkeit«; keine Politikerrede und kein Leitartikel kommt mehr zum Ende, ohne mit Nachhaltigkeit zu protzen. Was soll das sein, nachhaltig? Ist nachhaltig, was lange vorhält? Oder das, was lange nachhallt? Die Rote Bete beantwortet die Frage auf ihre Weise. Das erste Pinkeln am Tag nach dem Rote-Bete-Exzess versetzte mich in Angst und Schrecken: Alles klar, das war es jetzt, dachte ich, du kannst dich verabschieden – so rot strömte mir der Harn aus dem Dömmel. Es war aber nicht mein Blut, sondern das der Roten Bete. Noch in Pipi verwandelt färbt es sensationell.

Die Rote Bete und ich kannten uns also recht gut, als ich sie von einem fremden Sänger besungen fand. Im Bücherregal meines besten Freundes nach Neueingängen forschend, fand ich »PanAroma« von Tom Robbins, einem amerikanischen Hippie-Schriftsteller, der mit »Sissy – Schicksalsjahre einer Tramperin« einen Hit veröffentlicht hatte, den ich allerdings nur vom Hörensagen kannte. Wie denn »PanAroma« sei, fragte ich. »Keine Ahnung, hab' ich geschenkt bekommen und noch nicht gelesen«, antwortete der Freund, begab sich zur Schicht an den Herd und überließ mich der Lektüre. Ich begann zu lesen: »Die Rote Bete ist das melancholische Gemüse, jenes, das am bereitwilligsten leidet.«

Bitte? Was war das denn? Ich las weiter: »Die Rote Bete ist der Mörder, der an den Tatort zurückkehrt. Die Rote Bete ist das, was da anfängt, wo die Kirsche mit der Karotte aufhört. Die Rote Bete ist der Urahn des Herbstmondes, bärtig, begraben, alles, nur nicht leblos; sie ist das dunkelgrüne Segel des gestrandeten Mondbootes, genäht mit Venen aus Ur-Plasma; sie ist die Drachenschnur, die einst den Mond mit der Erde verband und die jetzt nichts weiter ist als ein schlammverschmierter Schnurrbart, der verzweifelt nach Rubinen bohrt.«

Ach du Schande, dachte ich, es ist nicht zu fassen: »Urahn des Herbstmondes«, »Segel des gestrandeten Mondbootes«, und dann auch noch »dunkelgrün«? Arme Rote Bete! Was hat die schöne Knolle mit »Venen aus Ur-Plasma« zu schaffen, was mit einer »Drachenschnur«? An Kitsch mit Tieren in Wort, Schrift und Bild hat man sich ja gewöhnen müssen; dieses kapitale Sentimentalitätsdelikt aber hieß Kitsch mit Gemüse. 1985 erschien »PanAroma«

erstmals in deutscher Sprache bei Rowohlt; nach dem »schlammverschmierten Schnurrbart, der verzweifelt nach Rubinen bohrt«, war meine Lust auf Weiterlesen empfindlich gedrosselt. Die Beleidigung »Kult-Autor« auf dem Klappentext hatte sich Tom Robbins redlich verdient.

Warum 2004 neu aufgelegt wurde, was ich als Behelligung der freundlichen Roten Bete empfand, wollte sich mir auch nicht letztgültig erschließen, nachdem ich die letzten drei Absätze von »PanAroma« gelesen hatte:

»Rote Beten, die zum Abendessen verspeist worden sind, werden am folgenden Morgen die Toilettenschüssel mit blutroten Fischen füllen, deren Färbung Zeugnis ablegt von der chromatischen Immunität der Roten Bete gegenüber den kräftigen Verdauungssäften und den unerbittlichen Mikroben, die den rotesten Paprika, die orangeste Karotte, den gelbesten Kürbis in einen einzigen abscheulichen Braunton zu verwandeln mögen.

Bei unserer Geburt sind wir rotbäckig, rund, intensiv, rein. Das rote Feuer des universellen Bewusstseins brennt in uns. Allmählich jedoch werden wir von Eltern verspeist, von Schulen hinuntergeschluckt, von Freunden zerkaut, von gesellschaftlichen Institutionen aufgefressen, von schlechten Angewohnheiten verschlungen und vom Alter angenagt; und wenn wir nach Art der Kühe in sechs Mägen sorgfältig verdaut sind, bleibt von uns nichts weiter als ein abscheulicher Braunton.

Die Lektion, die uns die Rote Bete lehrt, ist also diese: Haltet fest an eurem göttlichen Erröten, an dem euch innewohnenden rosigen Zauber, andernfalls werdet ihr braun. Wenn ihr erst einmal braun seid, werdet ihr feststellen, daß ihr eigentlich blau seid. So blau wie das Meer. Und ihr wißt, was das heißt:

Meer.

Weniger.

Nichts.«

Vielleicht mangelt es meinem Leben an Hippietum und Esoterik, aber köstliche Rote Bete derartig von der Seite anschnacken und als Projektionsfläche auftakeln würde ich nie. Rote Bete lieben heißt Rote Bete zubereiten und aufessen, und sie, die Rote Bete, dankt uns das mit Leckersein – und Schweigen.

Bist du süß!

»Ene mene mopel, wer frisst Popel? Süß und saftig, eine Mark und achtzig«, behaupteten wir als Kinder und probierten die teuer feilgebotene Ware selbstverständlich auch aus. »Bah!«, sagten die Erziehungsberechtigten, manchmal aber auch: »Ach, seid ihr süß!«

Die Popel waren es nicht; süß und saftig für eine Mark und achtzig scheinen mir heute Granatäpfel, aber von diesem Baum der Erkenntnis hatten wir noch nicht gehört, geschweige denn gegessen. Ungefähr mit 14 Jahren stellte ich fest, dass unser Abzählreim es in einen literarischen Kanon geschafft hatte. »Über das Volksvermögen« heißt Peter Rühmkorfs kommentierte Anthologie deutscher Volksdichtung, in der sich noch zahllose andere Beispiele respektlos komischer Reimkunst finden. »Allah ist groß, Allah ist mächtig, wenn er auf den Stuhl steigt, genau Einmetersechzig« war eine süßere Speise als meine erste Oblate. Und manches Gedicht aus der Sammlung rührte schon an süße Geheimnisse: »Die Möse ist kein Grammophon, sie spielt auch keine Lieder, sie ist nur ein Erholungsort für steif gewordne Glieder.« Noch heute begeistert mich der aufklärerische, kühn der Unwahrheit entgegentretende Ton der ersten Verse: »Die Möse ist kein Grammophon, sie singt auch keine Lieder ...« – als ob irgendjemand jemals das Gegenteil behauptet hätte.

Das süße Versprechen der Liebe hat jedoch viel mit Musik zu tun. »Love is sweet«, lernten wir bald, hörten von »Kisses Sweeter Than Wine«, von »Sweet Little Sixteen« und »Sweet Hitch-a-Hiker«. Sweet war nicht nur die Band gleichen Namens, sweet war irgendwie alles: »Sweet Child in Time«, »Sweet Baby James«, »Sweet Jane«, sogar ein US-Bundesstaat wollte oder sollte sweet sein: Vom »Sweet Home Alabama« sangen trotzig Lynyrd Skynyrd, aber das war gar nicht süß, sondern eine Kampfansage an Neil Young, der in seinem Lied »Southern Man« den Rassismus in den Südstaaten gegeißelt hatte.

Uns aber schwirrte die Rübe vor »Sweetfulness« und »Sweet Dreams«. Verworren zwar war die Welt und überaus unklar, die Liebe jedoch würde süß sein, unbedingt, so süß und so lustig wie in Billy Wilders Film »Irma la Douce«. Da war es schon wieder: douce, süß – die Franzosen wussten also auch Bescheid. Erstmals hörten wir auch vom Dolce Vita und sahen, zum Wahnsinnigwerden geschickt verhüllt, Anita Ekbergs Brüste: Ja, da war es, das Land, wo Milch und Honig fließen. Hier herrschte himmlischer Überfluss und nicht irdischer Mangel. O doch, ein süßes Leben sollte es bitte sein – also das Gegenteil dessen, was in Deutschland »das sauer Verdiente« heißt.

Doch erstmal gab's statt Dolce Vita / jeden Mittag Gyros Pita. In der Bielefelder Bleichstraße legten wir als Zivildienstleistende des Arbeiter-Samariter-Bundes oft unsere Pause ein und kauten im Stehimbiss eine Teigtasche mit Brutzelfleisch vom Schwein, Zwiebelringen, Krautsalat und Zaziki weg. Billig war das, und uns schien es so lecker wie exotisch. Von der süßen Liebe hatten wir inzwischen auch gekostet – und jede Menge bittere, salzige Tränen verursacht und selber geweint.

Ja, Küsse waren süß, die Liebe war süß, süßer und köstlicher als Erdbeeren oder Kirschen – aber der Weg zum Kuss war oft steinig, dornig oder nicht zu finden. Nach Kräften standen wir uns mit Klumsigkeit und Ungeschick aller Art selbst im Weg. Erschwerend kam hinzu, dass die männliche Adoleszenz Ende der siebziger, Anfang der achtziger Jahre im linken, alternativen Milieu grundsätzlich als wertlos eingestuft wurde. Der Mann, auch der junge, ahnungsarme und ziemlich schuldfreie, war »Schwanzträger«, also per se »Täter« und wurde gern pauschal und grundlos als »Vergewaltiger« und sowieso »Schwein« bezichtigt. So wurde das ungestüm jungmännliche Anstürmen gedämpft und ausgebremst – die süßen Küsse sollten zuerst durch Wohlverhalten erarbeitet werden: Bücher wie »Der Tod des Märchenprinzen«, »Die Töchter Egalias«, »Häutungen« oder »Die Scham ist vorbei« bekam man als Pflichtlektüre aufgebrummt wie eine Strafarbeit in der Schule. Die Gleichung »Weniger Mann = mehr Mensch« wurde aufgemacht – wie sollte man einer Frau seine Liebe schenken und zu Füßen legen, wenn die umstandslos beginnen würde, auf ihr herumzutrampeln?

Wo Unterwerfung verlangt wird, ist es mit der Liebe Essig. Gib dem Süßen Saures!, schien die Devise der Frauen zu sein – sofern das Wort süß in ihrem Leben überhaupt noch eine Rolle spielte. Meinen Bemühungen, mich durch Anpassung ans Milieu und seinen Konventionen als akzeptablen Vertreter des männlichen Geschlechts zu präsentieren, muss ihre Halbherzigkeit anzumerken gewesen sein. Sie blieben fruchtlos. Ich hatte Glück.

Wind kam auf und blies alle Flausen fort. Ich traf eine Frau, der ich freimütig von den Bedrückungen erzählte, vom Zwang, sich für seine bloße Existenz schämen zu sollen, von allen grotesken Anstrengungen, die ich unternommen hatte. Sie hörte sich meinen Bericht über das Gewürge an, lachte sich kaputt und sagte: »Du bist ja süß.« Dann zeigte sie mir, was sie sich unter einem süßen Leben vorstellte. Es gefiel mir über die Maßen. Geweckt wurde ich ins Leben zurückgeworfen wie ein Butt ins Meer.

Auch auf das Kino war Verlass. In der Verfilmung von Raymond Chandlers »Farewell, My Lovely« trifft Philip

Marlowe den ehemaligen Bankräuber Moose Malloy, der nach Jahren im Knast seine Süße sucht, seine Wilma. Marlowe bittet Malloy um eine Personenbeschreibung, Malloy lächelt versonnen und sagt: »Süß. So süß wie ein Spitzenunterhöschen.« Marlowe kommentiert das trocken: »Mit der Beschreibung finden wir sie sicher.« Und doch: »So süß wie ein Spitzenunterhöschen« – ist das nicht ein ganz reizendes, um nicht zu sagen ein ganz süßes Kompliment?

Generation Schleim

Klar ist der Morgen, in der Hinterhofkastanie zwitschern und rabastern die Vögel. Der Hacks-Forscher Nils Folckers kommt zu Besuch, Kaffee weckt und schmeckt uns, wir plaudern und ratschen, dann vertieft sich Herr Folckers in das auf dem Küchentisch liegende diverse aktuelle journalistische Altpapier, und der Dichter Joachim Ringelnatz gibt der Stimmung des jungen Tages Namen und Form: »Welt, bist du abgedroschen schön!«

Das ist wahr und gut gesprochen; manchmal ist die Welt allerdings auch nur abgedroschen: In der Nasenata-Angelegenheit um Michel Friedman tritt Bernd F. Lunkewitz, der Aufkäufer des Aufbau-Verlags, als Verteidiger auf. Derselbe Lunkewitz, der Stefan Effenberg verlegte, den einzigen und somit größten Kenner der Hitler-Tagebücher, und der das Effenberg-Buch mit Hilfe einer gigantischen *Bild*-Kampagne losschlug, wirft *Bild* »Heuchelei« vor – und zeigt damit bloß, wer das Heucheln aber so richtig beherrscht. Von »Rufmord« an Michel Friedman muss man lesen, und ihren vorläufigen Höhepunkt erreicht die öffentliche Betschwesterei in einem Text von Robin Detje in der *Zeit*: »Uns treibt die Lust an Friedmans Untergang«, behauptet der Autor und schließt: »Es scheint, dass der Reservefallschirm dieser Debatte sich nicht öffnen will. Wir stürzen ab.« Es ist der schiere Quatsch. Debatten haben keine Fallschirme, auch keine in Reserve, und wenn Herr Detje sich lustgetrieben oder stürzend fühlt, muss er dann gleich ein kollektives »Wir« herbeihalluzinieren?

Wer sich Schmier- und Brüllmedien als sein Zuhause wählt, möge sich nicht über sie beklagen; die Fein-Tuer, die Simulanten, die sich gern etepe-tete geben und allein zu diesem Zwecke Michel Friedman verteidigen, übersehen die Tatsache, dass Friedman mit den Medien, die ihn skandalisieren, vorher inniglichst herumkumpelte und -knutschte. Wer zu Kai Diekmann greift, kommt in *Bild* um. So geht das, mehr ist dazu nicht zu sagen.

Herr Folckers hat inzwischen die erste Ausgabe der Gruner-&-Jahr-Kinderillustrierte *Neon* in den Fingern und blättert sie durch. Sein Gesicht zu beobachten ist die reine Wonne: Selten sah ich ein so farbiges, pralles Zusammenspiel von ungläubigem Ekel und grünlich angewidertem Gleichgöbelnmüssen in einem Antlitz vereint. »Den Job sichern: Wie man sich in seiner Firma unentbehrlich macht«, zitiert Herr Folckers aus dem Blatt, das so gerne das Zentralorgan der Generation Schleim wäre, und lässt eine Verwünschung aus dem grandiosen Film »Eins Zwei Drei« von Billy Wilder aus seinem Mund hervorsprudeln: »In meiner Welt sitzen die alle im Zug nach Sibirien, und das Einzige, das sie wärmt, ist der heiße Atem der Kosaken.«

»Progressiv, dynamisch, mit Phantasie – aber sachlich!« – So beschrieb Franz Josef Degenhardt schon Ende der siebziger Jahre die Streber und Nachvornewoller, wie sie sich auch in *Neon* ausbreiten und ganz neu und modern sein wollen. Es hat das zu allen Zeiten gegeben: angstgesteuertes konformistisches Jungvolk, das sich beim rasenden Mitlaufen ganz individuell hip und smart und schlau und vorne und einen Tick rebellisch vorkommen möchte. Allerdings haben die Kreatöre von *Neon* etwas Entscheidendes übersehen: Die Hosen voll haben sieht nie gut aus – auch nicht, wenn die Hosen von Armani sind.

Anmerkungen zum Herumhitlern

Naturalismus für Doofe: In und mit Bruno Ganz entdecken die Deutschen »den Menschen Adolf Hitler«

Rational ist das nicht zu begreifen. Alles, was man über Adolf Hitler wissen muss, hat Sebastian Haffner in seinen »Anmerkungen zu Hitler« veröffentlicht. Das kluge, klare Buch ist gut und verständlich geschrieben, es ist lieferbar, es ist schmal genug, um niemanden abzuschrecken – jeder Deutsche könnte es gelesen haben, und gut wäre es für ihn mit dem Thema.

Stattdessen wird herumgehitlert, dass es raucht. Großes, dunkles Geraune erhebt sich, »Das Böse« wird beschworen und, weil die Deutschen sich damit besonders gern aufpumpen, »Das Dämonische«. Es ist alles Tinnef, aber der Tinnef hat Konjunktur. Mit dem von Bernd Eichinger produzierten Film »Der Untergang« erreicht die Hitlerverehrung der Deutschen einen neuen Höchststand.

Eichingers Hauptdarsteller Bruno Ganz hitlert nach Kräften mit. Ganz, der als Schauspieler einen kompletten Schlafsaal ersetzen kann, stellt im Interview mit der *Weltwoche* (37/04) unter Beweis, dass Schauspieler besser nur sprächen, was andere, Kundigere ihnen vorher aufschrieben. Sobald sie anfangen, ihren eigenen Text zu sprechen, wird es fürchterlich. »Hitler«, sagt Bruno Ganz, »war ja keine brutal-dümmliche SS-Charge, sondern ein Mann, der eine ganze Welt umgekrempelt hat. Und das sind schon mal mächtige Daten für ein interessantes Leben.«

»Interessantes Leben« ist schön gesagt und liegt ganz auf der Linie, die *Spiegel*, *Bild*, ZDF und der Historikerdarsteller Guido Knopp seit Jahren vorgeben und durchsetzen: den Weltumkrempler Hitler interessant finden und, mit leichtem Schaudern selbstverständlich, für ihn schwärmen. »Die Bücher von Albert Speer, sehr interessant!«, quakelt Ganz, der auf dem Ticket des innerlichkeitstrunkenen Schwerblütigkeitsschauspielers da angekommen ist, wo Deutschland am tiefsten ist: beim Führer, bei »dem Menschen Adolf Hitler«, den die Deutschen ganz dringend entdecken wollen, weil sie, wie zu behaupten sie nicht müde werden, das ja nicht durften, schluchzbuhu.

Dabei hilft ihnen Bruno Ganz, brav leckt er seine Deutschen: »Ich bin sehr früh nach Deutschland gekommen. Ich liebe dieses Land und habe sehr viel mit ihm zu tun.« Was dieses Bekenntnis in einem Interview zu seiner Rolle als Hitler zu suchen hat, muss Bruno Ganz ganz allein wissen. Sein künstlerisches Credo ist intelligenzfeindlich; Ganz propagiert einen mutterbodenblöden Naturalismus: »Für mich war von Anfang an klar: Es geht nur ohne Parodie und ohne jede Ironie.« Schauspielern Dummheit und Eitelkeit zu attestieren ist müßig – es sind die Bedingungen ihres Gewerbes. Bruno Ganz aber setzt auch hier neue Maßstäbe. »Ich musste mich ja gleichzeitig auch um seine Parkinsonkrankheit kümmern, das Zittern seiner linken Hand, die er immer hinter dem Rücken versteckte. Das alles zusammen hinzukriegen war handwerklich anspruchsvoll.« Dann ist ja alles in Butter.

Mit Hitler, soviel ist klar, lässt sich in Deutschland jede Menge Wirbel verursachen und jede Menge Geld verdienen. Wenn es nur das wäre, was die Deutschen so an Hitler fasziniert, es wäre schon unangenehm genug, aber relativ harmlos. Hitler ist den Landsleuten aber mehr als ein Aufmerksamkeitsgarant und eine Gelddruckmaschine – hier geht es ans Eingemachte, an das, was die Deutschen so gern ihre Identität nennen. Ob sie ihn nun verehren oder verabscheuen, Hitler ist ihnen heilig. »Keine Witze über

Hitler!«, verfügte Joachim C. Fest, als der Zeichner Achim Greser ihn fragte, ob Hitler nicht auch eine witztaugliche Figur sei. Nein, Witze über ihren Führer mögen die Deutschen nicht – sie nehmen Hitler so todernst, wie er sich selber nahm.

Achim Greser hat in seinem Buch »Der Führer privat« unter anderem einen betrunkenen Hitler am Kneipentresen gezeichnet, der dem Wirt die Ohren volljammert: »Heil Hitler, Heil Hitler, Sie machen sich überhaupt keine Vorstellung, wie mich das manchmal ankotzt, dieses ewige Heil Hitler.« Das war ein Schritt in die richtige Richtung – nicht Hitler verharmlosend, wie die Fraktion der bräsigen Mahnerundwarner argwöhnte, sondern Hitler seiner eigenen Lächerlichkeit preisgebend. Womit dann auch die Abermillionen von Deutschen erledigt sind, die sich einem aufgeblasenen, pathetischen Brülleimer zu Füßen legten beziehungsweise das noch heute tun.

Haffners »Anmerkungen zu Hitler« wollen die Deutschen nicht lesen, über Gresers Hitlerwitze wollen sie nicht lachen, die fantastische AntiNazi-Filmkomödie »Sein oder Nichtsein« von Ernst Lubitsch ignorieren sie hartnäckig indolent – vielleicht hülfe es, wenn sie einmal einen ganzen Tag lang »Hitler!« riefen, immerzu »Hiitlò! Hiitlò! Hiitlò!«, bis ihnen das dumme Wort zu den Ohren herauskäme? Solange die Deutschen kein von klarem Verstand geprägtes Verhältnis zu Hitler, zu ihrer Geschichte und zu sich selbst entwickeln, sondern bei jeder sich ihnen bietenden Gelegenheit das Herumhitlern anfangen, das Sichwälzen in Faszination und Dämonie, bleibt es dabei: Lieber Gustav Gans als Bruno Ganz, lieber Entenhausen als Deutschland.

Blitzkrieg Bop im YMCA

Zwar gibt es BossHoss und Texas Lightning, aber Anfang und Essenz deutscher Countryfizierung sind The Twang

»Hey-ho, Hey-ho, Hey-ho, let's go« – die alte Parole, die vermummten Jünglingen auf Antifa-Plakaten zu etwas von dem Glamour verhelfen soll, den sie so gern hätten, klingt aus Männermund doch berufener. Der »Blitzkrieg Bop« der Ramones – »Hey ho, let's go and shoot 'em in the back now« – gewinnt ungeheuer, wenn er als abgehangener, satanisch fröhlicher Country-Klopper daherkommt, mit Honky-Tonk-Klavier und Fiddle gespielt und lässig aus der Hüfte gesungen. Wer so was macht? The Twang, sechs klasse Jungs aus Braunschweig. Sie sind die Urväter der Countryfizierung. Als die Retortenband BossHoss noch nicht einmal im Reagenzglas zusammengerührt wurde, waren The Twang längst da und machten aus zweifelhaften Hits wie »Oops, I Did It Again«, »White Wedding« und »Staying Alive« richtige Lieder.

Die Countryfizierung des Menschen ist unausweichlich wie der Herbst. Die Schweizer Aeronauten wussten das früh und sangen: »Mit dem Alter fängt man an, sich für Country-Musik zu interessiern.« Ween reanimierten Elvis Presleys Chor, The Jordanaires, und nahmen das Album »12 Golden County Greats« auf – mit der umwerfenden Zeile »If you really love me baby, help me scrape the mucus off my brain.«

Spätestens seitdem Johnny Cash auch bei Leuten kanonisiert ist, die seine Musik zu seinen Lebzeiten als Soundtrack für Brummifahrer missverstanden, sind die Deutschen reif für Country-Musik – beziehungsweise meist doch nur für einen ironisierten Abklatsch davon. Wie BossHoss machen auch Texas Lightning Country-Furore – Olli Dittrich büßt so die nicht verjährte Schuld ab, gemeinsam mit dem FDP-Komiker Wigald Boning unter dem zutreffenden Namen »Die Doofen« einmal die Welt verpestet zu haben, und versucht, diese Hypothek mit »Ditsche« abzutragen.

Doch hier ist die Rede von The Twang, von Männern, die die Welt veränderten. Ende 2003 sah ich sie erstmals bei einem gemeinsamen Auftritt mit dem literarischen Flaneur Hartmut El Kurdi – und schnallte ab. Musikalität, Humor, Ernsthaftigkeit und Würde paarten sich mit einer wunderbaren Idee: Nimm ein Lied, das jeder kennt, und mach Musik daraus. »Countryfication« hieß das erste Album von The Twang, wer es hörte, war infiziert. Was Bob Marley und dem sogar noch gruseligeren Eric Clapton nicht klar war, The Twang wussten es: »I Shot the Sheriff« ist selbstverständlich ein Country-Song – was denn sonst, bei dem Titel? »Don't Look Back in Anger«, ein großes Lied, aber leider stets von den arschgesichtigen Oasis-Gallagher-Brüdern dargeboten, wird von The Twang in den Saloon gerettet, und AC/DCs »You Shook Me All Night Long« ist auch ohne Schuluniform ein Feger.

Ihr Meisterstück aber legten The Twang mit ihrem Cover von »YMCA« von den Village People ab. Die Schwulenhymne, deren hübsche Textzeilen »It's fun to stay / at the YMCA / They've got everything for young men to enjoy / and you can hang on with all of them boys« alles über die christliche Vereinigung junger Männer und die dort wirkenden erwachsenen Betreuer erzählen, was zu wissen notwendig ist, kommt hier in einer rednecktauglichen Pedal-Steel-Version daher.

Wie »I Hung My Head« des grässlichen Religionslehrers Sting erst durch die Stimme von Johnny Cash zu einem Song wurde, so erretten The Twang »YMCA« aus dem Karnevalsdunstkreis unwürdigen Popogewackels hinüber in die Welt der Musik.

2004 legten The Twang, wiederum beim Hamburger XXS-Label, das Album »Let There Be Twang!« nach – 15 weitere Perlen, unter ihnen auch »Ace of Spades« von Motörhead: »I don't want to live forever, that's the way I like it, baby!«, ganz, ganz entspannt. Wenn die Kopisten von BossHoss ihre Jack-the-Feinripper-Unterhemden wieder mit Lederjacke oder Blazer vertauscht haben werden, sind The Twang immer noch das, was sie sind: das Original. Und geben auch Liedern Heimat, die noch gar nicht wussten, was ein Zuhause ist. Sogar John Lennons »Imagine«, und das kommt einer Wunderheilung gleich, konnten sie retten: In ihrer Version ist der pommesbudenfettige Gutglaubekitsch zum ersten Mal zu ertragen.

Wie man Luft zertritt

Schön und laut: Nick Cave im Huxley's

EWIGKEITEN SCHIEN NICK CAVE das Berlin der Punk-Ära zu verkörpern und war dafür doch viel zu elegant. Zwar machte er mit seiner Band, den Bad Seeds, schmutzige, rohe Musik, aber den schmächtigen Australier umwehte in all dem Lärm, den er produzierte, dennoch die Grandezza eines Dean Martin. Nick Cave war schon immer eine stilvolle, charmante Ausnahme in der stumpfen, von Lederhosenträgern und anderen Langeweilern dominierten Welt des Rock 'n' Roll.

Die letzte Karte für das Konzert des großen Sängers am 14. November 2004 in Berlin hatte ich an der Kreuzberger Konzertkasse bekommen und sie der Süßen geschenkt. Im Eingang des Huxley's trafen wir den jungen Kollegen Matthias Hering, wie immer durchglüht von Milliardenprojekten, Künstlerfeindschaften und wildem Publizismus. Auch Roland Owsnitzki, der seine Fotografien »Votos« nennt, weil er mit ihnen ein Votum abgibt, eine Stellungnahme, trafen wir an – er war ohne Zeitungsauftrag da, einfach um zu sehen, zu hören und für sich zu dokumentieren, wo Nick Cave jetzt steht. Gäbe es mehr Leute wie ihn, man könnte Musikzeitschriften lesen.

Nicht wenige Männer hatten sich als Nick-Cave-Imitatoren zurechtgemacht und wirkten damit so deplatziert karnevalsnärrisch, wie sie es niemals erahnen werden. Auch allerlei aufgebrezelte Rockschlampen konnte man betrachten, während man versuchte, das bemühte Vorprogramm zu ignorieren. Lange musste man warten auf Herrn Cave – ich hätte ihn lieber pünktlich und in einem schönen Theater gesehen. Rock'n'Roll-Ambientes haben immer so etwas Stilfernes, Mehrzweckhallenhaftes.

Dann kam er doch noch, sah umwerfend gut aus, auch die kleine kahle Stelle am Hinterkopf stand ihm – er ist eben schon etwas älter, aber kein bisschen oll. Die Bad Seeds ließen dunkle, laute Energie aus den Instrumenten, Nick Cave zeigte der Welt, wie man einen Anzug trägt und dabei so gar nichts Gesetztes an sich hat. Hätte man nur ihn und seine Band gesehen, man hätte überall auf der Welt sein können und nicht in der Provinzhauptstadt Berlin. Nick Cave tierte über die Bühne, zertrat die Luft, die ihn zu stören schien und sang sich selbst in die Welt – ein schöner, würdiger Mann, den kluge, schöne Frauen lieben, völlig zu Recht.

BERUFSDEUTSCHEN IST GAR NICHTS PEINLICH. Mit Hilfe von Staat und Gesetz wollen sie sich in die Ohren derjenigen Landsleute hineinzwängen, die nicht das Mitklatschen anfangen, wenn die Worte »deutsch« und »Deutschland« fallen. Das Quotengerumpel ist wieder da, und 2004 hatte es Erfolg: Bruno Ganz, Bernd Eichinger, ihr Führer und sein Millionenpublikum waren auch sehr dafür, dass es im Radio demnächst zwangsweise deutsch zugeht.

Dabei tut es das längst. Die Propagandisten einer Quote für in Deutschland produzierte Musik lügen, wenn sie behaupten, man werde in Deutschland ausschließlich mit dem belästigt, was sie dann »anglo-amerikanischen Einheitsbrei« oder »anglo-amerikanische Soße« nennen – wobei nur das Wort »anglo-amerikanisch« wichtig ist: Es knüpft an die Zeiten des Volksempfängers an, der vom »Terror anglo-amerikanischer Bomber« kündete.

60 Jahre später klingt das nicht anders, doch denen, die in missionarischer »Deutsche, wehrt euch!«-Pose durchs Land marschieren, fällt wie immer nichts auf. Wie auch? Einen Kopf, der sich das verbäte, haben sie nicht – bei ihnen ist der Kopf das Ding zum Musikreinmachen und Rumjubeln. Eine Bande von aggressiven Jasagern macht auf Rebellentruppe; je inflationärer ihre Litanei vom armen Musikdeutschland verbreitet wird, desto hysterischer spielen sie die unterdrückte kulturelle Minderheit.

Das Seltsamste ist, dass niemand lacht. Peter Maffay, eine Margarine von Mann, heult die *Bild am Sonntag* voll, die tondokumentarischen Beweise seiner musikalischen und sprachlichen Beschränktheit würden in Deutschland nicht immerzu in den Äther gequetscht. Wörtlich und in vollem Ernst behauptet der »Tabaluga«-Kinderquäler, er werde »in Deutschland diskriminiert«. Das stimmt leider überhaupt nicht – wäre es wahr, es wäre eine gute Nachricht, die beste seit langem.

Doch die Methode »Über Siebenbürgen musst du gehn« hat Erfolg: Maffay, sein Ölknödelbruder Xavier Naidoo, die nach »Mannheim ins Heim!« schreienden Söhne Mannheims, die vom »Verlust der kulturellen deutschen Identität« mitschnackende Inga Humpe, die kopfmäßig tiefstgelegten Tekkno-Wuttuttumms, sie sind ja überall. Dass sie ausschließlich deshalb im Radio gespielt werden, weil sie Deutsche sind, ist ihnen kein bisschen unangenehm.

Was soll man mit Leuten machen, die keinerlei Würde haben? Die unter künstlerischer Freiheit verstehen, zu Papi Staat zu laufen und herumzuflennen, dass noch nicht alle Ohrenbesitzer gezwungen werden können, das von ihnen produzierte musikalische McDonald's anzuhören? Die sich auf dem Fahrschein des Nationalismus ihre Stütze abholen: Ich bin deutsch, ich darf nicht verhungern? Die buchstäblich alles tun würden, um andere mit ihrer Ödnis perfektionierenden Existenz belästigen zu können?

Wer Quotengeld will, weil er deutsch ist oder in Deutschland produziert, sollte seine Produkte auch entsprechend kennzeichnen müssen, im Sinne des Verbraucherschutzes. Wo Quote draufsteht, stirbt die deutsche Sprache vor Scham, und der Mensch von Stil und Geschmack hält sich fern.

Post, Pack und Päckchen

MANCHMAL KLINGELT ES AN DER TÜR, durch die Gegensprechanlage sagt eine Stimme »Die Post, ein Paket für Sie«, und dann bringt ein Mann tatsächlich ein Päckchen oder ein Paket. Ungläubig nehme ich es entgegen und bin mir sicher, dass ich träume. Dass die Post ein Päckchen bringt, gehört einer vergangenen, versunkenen Zeit an, das kommt im dritten Jahrtausend eigentlich nicht mehr vor.

Traditionell sah die Praxis der Paketzustellung so aus: Man war zuhause und bekam mit der Post ein Benachrichtigungskärtchen zugestellt, dass man nicht zuhause gewesen sei und deshalb das Päckchen selbst bei einer Filiale der Post abzuholen habe – mit dem Zusatzvermerk »heute jedoch nicht«. Diese Verfahrensweise wurde aufgegeben, als die Post beschloss, sämtliche Dienstleistungen heimlich und auf kaltem Wege schlicht zu verweigern.

Seitdem werden Päckchen und Pakete in möglichst weit entfernte Zeitungs- und Schreibwarenläden abgekippt oder in obskuren Brillenstudios hinterlegt. Benachrichtigungen darüber werden allenfalls unregelmäßig zugestellt, schließlich wird der Postkunde irgendwann einmal des Weges gelaufen kommen und beim Erwerb einer Zeitung oder eines Brillenetuis vom ratlosen Einzelhändler gefragt werden, ob er vielleicht eine Sendung erwarte, seit Wochen liege ein herrenloses Paket unter dem Ladentisch herum. So kommt der Postkunde, der schon alle Hoffnung hatte fahren lassen, doch noch zu seinem Paket.

Einige hundert Meter von meiner Wohnung in Kreuzberg entfernt, betreibt Herr Ioannis Sotiriadis den Lebensmittel- und Feinkostladen »Jannimu«. Er bietet dort köstliche Thunfisch-, Peperoni-, Auberginen- und andere Pasten an, eingelegten Oktopus und Sardellen, Oliven, Brot, Halloumi, Öl, Wasser, Säfte und Wein, und seine Kaffeemaschine steht quasi nicht still. Die ganze Nachbarschaft holt sich ihren Kaffee in dem kleinen mediterranen Laden oder trinkt ihn gleich dort.

Das tun verständlicherweise und ganz richtig auch die Paketzusteller, die Herrn Sotiriadis und seinen Laden zur Päckchenaufbewahrungsstelle erklärt haben. Wozu noch einen Paketempfänger informieren, wenn er ohnehin zum Kaffeetrinken und Einkaufen im »Jannimu« vorbeischauen wird? Zumal ja Herr Sotiriadis so freundlich ist, mich über den Eingang jeder Postsendung zu informieren. Die Nachrichten, die mir die Post verweigert, bekomme ich von Herr Sotiriadis per SMS: »Päckchen!«, »Paket!« oder »Überraschung!« schreibt er, und ich setze mich in Marsch und gehe schöner Post und gutem Kaffee entgegen.

Indem sich die Post aus meinem Leben zurückzieht, macht sie mir das Leben als Postkunde wieder erfreulich. Die Post hört nicht nur auf, ihren angeblichen Service anzubieten – sie überträgt ihn ganz auf Kundigere, die ihn nebenher erledigen. Das Unternehmen Post hat längst kapituliert, und es wäre Unsinn zu glauben, diese Dienstleistung käme zurück – das ist passé und perdu, siebzig verweht, die Schiene, und das ist gut. Denn vorbei sind damit auch die Zeiten der Verzweiflung über schurkisches Zustellergebaren. Man muss das eben privat organisieren – und siehe, es geht sehr gut. Eben ist wieder eine SMS eingetroffen, Herr Sotiriadis schreibt: »Der Grieche hat 3 pakets.«

Das schwarz-gelbe Gefühl

DAS WAR TYPISCH DORTMUND: Elfmeterwürdig im Strafraum gelegt werden, den Strafstoß nicht bekommen, stattdessen wegen angeblicher Schauspielerei eine gelbe Karte kassieren, die dann die fünfte ist, weshalb man beim nächsten Spiel nicht dabei sein darf. Wie Dédé sich am 23. April 2005 im Spiel gegen Kaiserslautern fühlte, weiß jeder Anhänger Borussia Dortmunds: Was schiefgehen kann, geht schief. So geht das, so ist das in Dortmund. Was immer es wird, es wird sowieso nichts. Das ist das schwarz-gelbe Gefühl. Selbst wenn man 4:2 führt, glaubt keiner, dass die Sache gut ausgehen wird. Unfähigkeit, Pech, der Schiedsrichter – irgendetwas wird schon dazwischenkommen. Wer so auf die Welt kuckt, dem ist Selbstgefälligkeit fremd, der weiß drei Punkte wirklich zu schätzen.

Das schwarz-gelbe Gefühl geht so: Ob Meisterschaft oder Lizenzentzug – es wird so oder so ganz bitter. Selbst wenn Borussia Dortmund gegen den Abstieg spielt, muss man pessimistisch abwinken: Nee, vergiss es, Abstieg, das schaffen die nicht. Ich weiß, wovon ich spreche: Ich sah meine Mannschaft zu Hause 1:3 gegen die Spielvereinigung Unterhaching verlieren. Das vergisst man nicht, genausowenig wie das 1:0 in Manchester und das 0:2 in Madrid, als das Tor fortgerissen wurde und nicht wenige der madrilenischen Fans Mord in den Augen hatten.

Das ist lange her, Dortmund wurschtelt sich durch die Niederungen des Mittelmaßes. Aber war nicht neulich schon wieder von einem Uefa-Cup-Platz die Rede? Oder wenigstens von einem Tabellenstand, der zur Teilnahme am UI-Cup berechtigt, dem Hoffnungslauf der Hoffnungslosen? »Dortmund ist die zweitbeste Mannschaft der Rückrunde!«, ruft übermütig Freund und Verleger Klaus Bittermann, ein eleganter Mittfünfziger, der in einer Aufwallung von Altersfanatismus den Dortmundern Woche um Woche in jedes erreichbare Stadion folgt. Optimismus taugt gut für das Privatleben – ist aber bei erwachsenen Fußballdortmundern erfreulich wenig verbreitet.

Das hat große Vorteile: Etwas wie Frank Rost könnte in Dortmund nicht existieren. So etwas muss Schalker sein und einem Assauer gehören. Das ist gut – verglichen mit der zernagten Seele von Frank Rost wirkt das Innenleben von Oliver Kahn wie an Mahatma Gandhi, Willy Brandt und Nelson Mandela geschult. Frank Rost hat noch niemals im Leben gewonnen – wenn so etwas nicht verliert, dann will es gleich triumphieren.

Davon weiß man in Dortmund nichts. Nach dem Zwangsabmarsch der Großkotze und Angeber Niebaum und Kompagnons zog in Dortmund das ein, was dem Verein besser steht als alles andere: die Gewissheit der Begrenztheit. Keine blöde falsche Bescheidenheit, einfach nur das sichere Gefühl, dass es sowieso nichts wird, es sei denn im Ausnahmefall. Das ist Dortmund, das ist stärker und wiegt schwerer als jede gewonnene deutsche Meisterschaft oder Champions League – das ist das schwarz-gelbe Gefühl.

Terror 05 gegen Peiniger Rö Ro

In »Rattus Rex« von Colin McLaren heißt es über die Sensationsreporter Saintly Hodges und Joseph Xavier Maginn: »Wenn es ihnen einfiel, konnten sie einen Nähzirkel christlicher Damen in 200 Worten als Tarnorganisation für ungehemmte Ausschweifungen entlarven, eine Protestversammlung einberufen und dem Aufbruch eines Trupps ordnungsliebender Bürger beiwohnen, welche die Damen auf einem Karren aus der Stadt schafften – und das alles binnen eines Tages oder, wenn sie mit der Frühausgabe anfingen, eines Nachmittags.«

Maginn und Hodges scheinen die Vorbilder deutscher Journalisten zu sein – und das nicht nur im sogenannten Boulevard. Angst schüren statt informieren, Panik verbreiten statt zugeben, dass man selbst nichts oder kaum etwas weiß, Hass und Paranoia anfachen, das ist Journalismus 05. Dabei gehört es doch zum Basiswissen, dass jeder Staat, der seine Bürger kontrollieren, ausforschen, überwachen und gängeln will, zur Begründung traditionell stets eine stark gefährdete Sicherheitslage ins Feld führt. Kollektive Sicherheit ist der Klassiker, der in Anschlag gebracht wird, wenn es gilt, individuelle Rechte zu beschneiden oder aufzuheben.

Der kluge Kollege Navid Kermani hat nach den Londoner Anschlägen darauf hingewiesen, dass eine vollständig unklare Informationslage kaum jemanden davon abhält, die Schuldigen schon mal prophylaktisch zu benennen: Die Muslime sinds gewesen, und Differenzierungen sind ein Luxus, den man sich in so schweren Zeiten eben nicht mehr leisten kann, basta. Der Ruf nach Notstandsgesetzen wird laut, und die Bürger, die doch zumindest ahnen könnten, dass solche Begehren sie nicht schützen, sondern ihnen nur zur Drangsal werden können, geben unter dem Dauerfeuer öffentlicher Angstmache nach.

Die Bundesrepublik hat bislang noch kein Attentat islamistischer Attentäter auszustehen gehabt – manche Politiker und Journalisten scheint das regelrecht zu wurmen. Vertreter der CDU träumen schon öffentlich davon, die Bundeswehr auch im Innern einsetzen zu können. Die gute alte Großmutter Grundgesetz, verabschiedet von Leuten, die ein Terrorregime hautnah erlebt hatten, spielt zur Freude der Sicherheitsfanatiker dann keine Rolle mehr.

Sehr gern bin ich unversehrt und am Leben – und genau deshalb perlen die plumpen Versuche an mir ab, mich zu einem vor Terrorismusangst schlotternden, nach einem starken Staat schreienden, unmündigen Wesen degradieren zu lassen. Ich möchte nicht auf die Weltanschauung von Innenministern, Polizeipräsidenten und *Bild*-Chefredakteuren heruntergerissen werden.

Was den Terror angeht, reicht mir der, dem ich ausgesetzt bin. Ihn verursacht in der Nachbarschaft eine zu Thyssen-Krupp gehörende Gerüstbaufirma, die auf den zutreffenden Namen »Peiniger Rö Ro« hört und, wie könnte es anders sein, in Brandenburg ansässig ist. Einem Staat aber, der mich vom sehr frühen Morgen bis zum späten Nachmittag dem akustischen und ästhetischen Terror von Herren aussetzt, die mit allem Grund »Peiniger Rö Ro« heißen, würde ich niemals mein Leben und meine Sicherheit anvertrauen.

Schröder geht, Merkel kommt

Ein Porno

HEISS WAR ES IN DER SAUNA, feuchtheiß und dumpfig. Schröder lag, der Länge nach auf dem Rücken ausgestreckt, auf einer Holzbank, die ein dickes, weißes Badetuch bedeckte, das seinen Schweiß aufsog. Der Aufguss mit den ätherischen Ölen prickelte auf seiner Haut und in seinen Atemwegen. Schröder ächzte. Er war allein.

Er dachte an seine Geliebte, an ihr schwarzes Haar, an ihre leuchtenden braunen Augen, ihren Körper, an das Rosa ihrer Brustspitzen, an ihre Wonne und an die seine, an die Freude, die sie geteilt hatten. Es war schön – alles zwischen ihnen war Begierde, Raserei, Lust, Bejahen. Für ein paar Stunden war er beinahe wieder ein Mensch gewesen.

Die Erinnerung explodierte in seinem Kopf – und plötzlich war er ganz der Alte, der Kanzler, der Medienmutant, der Vollgummiangeber, der zwischen seinen Schenkeln eine gewaltige Erektion von unglaublicher Härte und Hitze pochen, klopfen, ja hämmern zu fühlen glaubte. Die Polkappen hätte er abschmelzen mögen damit – aber was gingen ausgerechnet ihn diese bescheuerten Polkappen noch an? Doch der Gedanke hatte sich seiner bemächtigt: Mit seinem Schneidbrenner, seinem gigantischen Lötkolben hätte er die Arktis teilen können wie Moses das Rote Meer, aaah …

Um Schlimmeres zu verhüten, in einer finalen Simulation staatsmännischer Selbstbescheidung quasi, warf Schröder sich in das Kaltwasserbecken. Heißer Dampf stieg auf, sein rotgrobes Glied war der Tauchsieder, der das Eiswasser zum Kochen brachte. Den Altkanzler durchfuhr ein andächtiges Grauen vor seiner eigenen Männlichkeit – »Virilität« hatten die Journalistinnen das genannt. Ja, die Journalistinnen …! Wieder fuhr Hochofenhitze in ihn, es hielt ihn nicht in den brodelnden Fluten, er floh, in den Ruheraum. Stark und haarig orrnarrnierte der Altkanzler. Erst die Sintflut seiner Ejakulation kühlte seine Sinne, sein männliches Rasen. Rasen? Der Rollrasen vor dem Kanzleramt?, sinnierte Schröder nachdenklich. Er kam ins Grübeln.

Lange lag er so, schlapp, ausdampfend, abkühlend, sich den Kopf gleichsam freischaufelnd von der Last seiner letzten Amtstage. Vor seinem inneren Auge ließ er die Bilder paradieren: Er selbst, von deutschen Stahlhelmträgern umsäumt, beim Abschied, sich selbst die vorletzte Ölung gebend: »I Did It My Way« erklang, die Hymne aller Selfmade-Arschgesichter, sicher, aber die Rührung über sich selbst und über das Klopfen der eigenen Schulter ergriff ihn erneut. Bei der Erinnerung an seine eigenen Tränen wurden ihm die Augen abermals feucht. So war er eben gestrickt, verdammt nochmal – ein harter, aber sentimentaler Knochen, ein Schimanski, Menschenskind! Vater Krieg, Mutter Putzen, alles total kaputt.

Wenn er da an die Weichmaulbrabbler dachte, an die Schranzen, die bei der Machtübergabe an Merkel herumlagen wie im eigenen Saft, Aspik und Öl zugleich! Horst Köhler hatte wieder einmal gegrient wie ein im Schritt rasiertes Honigkuchenpferd. Unfassbar – Gottes Segen schenkte dieser Kerl aus, als hätte er die letzten Vorräte davon bei eBay ersteigert. Köhler, ein Nullinger Jahrgang 2004, bah. Dann doch lieber Eigenurin, da konnte man wenigstens dem Hersteller vertrauen.

Angewidert schüttelte er den schwarz gefärbten Restkopf. Na dann: Tschüssikowski!, rief er sich wehmütig zu und hob die Hand zum Gruß. Augen zu und nie mehr an Deutschland denken!, fuhr es ihm noch durch den Kopf. Er grinste: »Merkel, du kalte, fettige Speckmusch!« Dann endlich fiel er ins Koma.

Vor Bolle auf der Flucht

Wer einmal die Berliner Provinzfernsehsendung »Abendschau« durchduldete, ahnt, wo er lebt: in Berlin, in einer Mischung aus Bad Oeynhausen, Haßloch, Ratingen und Kyritz an der Knatter. Zwei Straßenbahnen kollidieren nahezu folgenlos? Am Flughafen Tegel verspäten sich Gepäckstücke? In Schmargendorf bricht ein Wasserrohr? All das ist selbstverständlich hochinteressant und wird in der »Abendschau« entsprechend breitgetreten.

So wächst die Sehnsucht nach dem vergleichsweise prickelnden Landleben. Sie wird noch gesteigert durch den Auffund der mecklenburgischen »Maränen-Saga«:

»In der Nähe der bewaldeten Ufer des breiten Luzins, auf dem Amtswerder des hübschen Fleckens Feldberg, erhob sich einst stolz und groß der Sitz eines Drosten, um dessen bildschöne Tochter Freier in Scharen warben. Unter den letzteren war ein stattlicher Mann, der einen verunstalteten Fuß hatte, weshalb ihm die junge Mecklenburgerin, ungeachtet seiner sonstigen Vorzüge, einen Korb gab. Dennoch wollte derselbe durchaus zum Ziele gelangen. Er schlug dem Drosten, der als Leckermaul und Feinschmekker bekannt war, bei einem schwelgerischen Mahl vor, wessen Küche das schmackhafteste Essen liefern könne, solle als Preis die Hand seiner schönen Tochter erhalten. Dieser Freier aber war der Leibhaftige selbst, der, angelockt von den Reizen des schönen Menschenkindes, hier weilte und unerkannt gar arg sein Wesen trieb. In der darauffolgenden Nacht zog er nun nach einem fernen See, irgendwo im Norden und holte sich Maränen. Auf der weiten Reise war jedoch sein Fischbeutel durchgerieben, und so fielen, gerade als er über den breiten Luzin flog, eine Anzahl der

Maränen in das schöne klare Wasser. Der Leibhaftige war jedoch in der Kochkunst nicht sehr bewandert, daher kochte er eine keineswegs wohlschmeckende Speise daraus. Der Drost war indessen von seinen Leuten besser bedient, denn gleich am nächsten Morgen fing sein Fischer einige von den verlorenen Maränen, welche so zubereitet und geräuchert wurden, daß dem betrogenen Teufel seine eigenen Fische als das schmackhafteste Gericht der Welt vorgesetzt werden konnten. Der arme Teufel hatte seine Wette verloren, und die übriggebliebenen Maränen vermehrten sich im breiten Luzin und verpflanzten sich durch die Kanäle auch in die übrigen Seen der Umgebung.«

Rasch ist das gelesen und ein Wagen gechartert. Bald liegt Berlin uns im Rücken, da liegt es gut. Über Feldberg hängen Caspar-David-Friedrich-Wolken, im wenige Kilometer entfernten Carwitzer Fallada-Haus allerdings führt eine Concièrge-Vettel ein ebenso trübes wie rohes Regiment. Dort Besucher sein zu wollen ist offensichtlich ein Delikt, das mit Angehausmeistertwerden scharf geahndet wird: »Manne, hier sind Gäste, kommste mal?!«, schrebbelt die kurzhaar-dauergewellte, post-menopausische Schrappe drohend die Treppe hinauf. Manne kommt, polternd und massig, damit das akkurat abgestaubte Gedenkstättenmobiliar nicht unter unseren Blicken zerbröseln kann.

Gastgeber sein gehörte nicht unbedingt zu den Dingen des Lebens, die man in der DDR gut lernen konnte. Nicht selten merkt man das noch heute. Wir winken nicht zum schnellen Abschied.

Wenig später, in der Feldberger Fischgaststätte, als wir freudig vor Aal, Hecht, Zander, Maräne, Schwarzbier und Bratkartoffeln sitzen, paraphrasiert die Süße augenblitzend ein anderes Grauen: Marianne Rosenberg. Und singt:

»Marän, eine von uns beiden muß nun gähn, drum bitt ich dich, gäh du, Marän …«

Dafür wurde sie anschließend am Bohnenwerder im glasklaren, frischen Carwitzer See gewassert, wo viele Nachschubfische schwammen und in der Schwimmschule gerade Gedichtstunde hatten: Halb zog er sie, halb sank sie hin / die schlimmtalentierte Lyrikerin.

Nicht abgeholt, obwohl bestellt

Der jährliche Bielefeld-Bummel kurz vor Heiligabend

EINMAL IM JAHR BIN ICH in Bielefeld, und wenn ich im dortigen »Kamp« auftrete, weiß ich, dass bald Weihnachten ist. Das ist seit Jahren so, oft endet die Lesereise oder Konzerttournee sogar in Bielefeld. Zum Abschluss gibt es dann ein Mensch-ärgere-dich-nicht-Spiel mit den Jazzmusikern vom Spardosen-Terzett, und vorher einen Bummel durch die Stadt, in der ich von der fünften bis zur dreizehnten Klasse zur Schule ging und, beim Arbeiter-Samariter-Bund, 16 Monate Zivildienst absolvierte.

Bielefeld ist für viele Menschen, ähnlich wie beispielsweise Hannover, ein Synonym für Mittelmäßigkeit. Die ortsansässige Sozialdemokratie hat in den sechziger bis achtziger Jahren ja auch eindrucksvoll gezeigt, dass Städtebau und öffentliche Archtiktur in ihren Augen nur andere Worte für Strafe sind. Das »Kamp« aber mit seinen 250 Plätzen ist ein Auftrittsort, an dem ich hänge – hier sah ich, mit 15, das erste richtige Konzert meines Lebens. Grobschnitt spielten und sangen »Take your car / Go to Africa / To the Sahara / To see Ali Baba«, Trockeneisnebel waberte, die Luft war haschischgeschwängert, und dann gab es eine wirkliche Sensation: den ersten Zungenkuss meines Lebens. Er war magisch. Es gibt nichts Besseres, das man mit seiner Zeit anfangen kann.

Auch in diesem Jahr ging ich sieben Tage vor Heiligabend in Bielefeld auf Schlür, lief die Bahnhofstraße hinab, überquerte den Jahnplatz, betrat die Niedernstraße und stand vor einem Laden, den ich schon als Heranwachsender mit gemischten Gefühlen betrachtet hatte: Feinkost Klötzer. Ich esse und trinke leidenschaftlich gern, und bei

Klötzer gibt es fraglos jede Menge Köstlichkeiten in fester und flüssiger Form. Doch immer schon stieß mich der Großteil der Kundschaft ab – Menschen, die ihr Leben dem Irrtum widmen, eine gut gefüllte Brieftasche verleihe ihnen den Status des Bessermenschen, der ein Anrecht auf Privilegien und auf Rundumvollbedienung habe.

Manche Menschen verbringen ihr Leben in Dünkelhaft. Hochnäsig stolzieren sie umher und schikanieren Verkäuferinnen und Verkäufer, behandeln sie von oben herab, und jener Teil der Kunden, der sich auf gute Nahrung freut, ohne sich deshalb für einen ganz dollen Hecht zu halten, wird, mit Grimm im Herzen, Augen- und Ohrenzeuge der Qual.

Um ein paar Vorspeisen einzukaufen, betrat ich Feinkost Klötzer. Innen weihnachtete es sehr, in der Luft war zuviel Parfüm und noch mehr Gemeinheit. Eine ältere Schnepfe im Pelzmantel malträtierte einen jungen Mann hinter der Verkaufstheke, begehrte in schneidendem Ton dies und das, probierte mäkelig, vollführte abschätzige Handbewegungen und hielt den ganzen Laden auf. Sie gehörte ganz offenkundig zu den unglücklichen Menschen, die nichts mit ihrem Leben anzufangen wissen und ihre Zeit damit verbringen, anderen lästig zu fallen und damit keinerlei Mitgefühl erzeugen; dazu benehmen sie sich einfach zu mies.

Die bepelzte Schnatze teufelte auf den Verkäufer ein, er solle den Schinken aber sowas von »hauchdünn« schneiden. Das Wort »hauchdünn« sprach sie affektiert aus, »haaauchdünn«, und wiederholte es immerzu: »also haaauchdünn, ja, haaauchdünn.« Der junge Mann versicherte ihr, er schneide den Schinken so dünn es nur gehe, und hielt ihr zum visuellen Beweise eine Scheibe hin. Man konnte fast hindurchkucken, aber die Schreckensgestalt kannte kein Einsehen und litanierte weiter: »Der Schinken ist für meinen Mann, und mein Mann will ihn haaauchdünn, also wirklich haaauchdünn.«

Der Laden und die Ohren der Anwesenden waren mit »haaauchdünn« bis zum Platzen gefüllt, doch gab sie nicht Ruhe und haaauchdünnte weiter auf den geplagten Verkäufer ein. Als sie zum neunten oder zwölften Male ihre »Haaauchdünn«-Litanei anstimmte, konnte ich nicht mehr, trat näher und sprach sie leise, aber vernehmlich an: »Den Schinken braucht Ihr Mann sicher als Kondom, oder?« Ihr Gesicht verlor die Fassung, sie suchte nach Worten, fand keine, blieb stumm, und gut war.

Mit einer kleinen Vorspeisentüte in der Hand verließ ich wenig später den Laden. Tausende Bielefelderinnen und Bielefelder waren auf den Straßen, in den Augen diese einzigartige Mischung aus völliger Erschöpfung und Hysterie, die man Weihnachtszeit nennt. Alle mussten noch ganz dringend irgendwo hin. Mir gingen die im Original auf Bitterfeld gemünzten Verse von Udo Lindenberg durch den Kopf, die Bielefeld unsterblich gemacht haben: »Sehn wir uns nicht auf dieser Welt / Dann sehn wir uns in Bielefeld.«

Gut gesagt, sicher, aber auch ein Fluch – wann immer man gefragt wird, wo man herkommt und Bielefeld antwortet, bekommt man todsicher diesen Spruch gesagt: »Sehn wir uns nicht auf dieser Welt / Dann sehn wir uns in Bielefeld.«

Ich fand, dass es Zeit war für ein paar neue Bielefeld-Zweizeiler. Zur Sicherheit schrieb ich sie gleich auf:

Was vielen Menschen nie gefällt
Heißt nicht selten: Bielefeld.

Wo verdient ein Mann sein Geld?
Ungern nur in Bielefeld.

Frauen, dauerwurstgewellt,
Gibt es, auch in Bielefeld.

Wer nirgends sonst die Zeche prellt
Tut es wohl in Bielefeld.

Nicht abgeholt, obwohl bestellt:
Dies Gefühl heißt Bielefeld.

Take the Rabbi and Mum

Woody Allen zum 70. Geburtstag

AM 1. DEZEMBER 2005 WURDE Woody Allen 70 Jahre alt, und wie es scheint, ist er ziemlich out. Ein Kollege, so alt wie ich, urteilte schroff: »Diese ganzen Manhattan-Ich-mache-mal-lustige-Psychogramme-meiner-Mitmenschen-Filme sind doch eher widerlich und verleiden einem manch Komisches aus der Frühzeit, das auch heute von vielen falschen Propheten mächtig hochgejubelt wird.« Ooops, was war das denn?

Ich war ziemlich konsterniert. Woody Allens »Manhattan« widerlich? Seit wann sind differenzierte, gleichermaßen komische wie traurig stimmende, komplexe und anrührende Beschreibungen von Menschen lustige Psychogramme? Und sind ausgerechnet die frühen Filme von Woody Allen seine besten?

Woody Allen ist ein Beherrscher der Widersprüche. Er ist komisch, ja – weil er ernst ist. Humor haben heißt nicht Witze erzählen, Humor ist die Fähigkeit, Schwächen, vor allem eigene, zu erkennen, auszuhalten und gegebenenfalls komisch zu beschreiben. Woody Allens erster Film, »Take the Money and Run«, beschreibt den Weg eines Jungen zum Delinquenten. Es gibt viel Drolliges darin, und manche Szene lässt schon ahnen, wie es für Woody Allen gewesen sein muss, als körperlich kleiner, schwacher Junge mit roten Haaren und Brille groß zu werden. Kinder und Jugendliche können äußerst gemein sein, beinahe so gemein wie Erwachsene.

Auch Filme wie »Bananas« und »Die letzte Nacht des Boris Gruschenko« sind eher klamottig, und der Klassiker »Was Sie schon immer über Sex wissen wollten, aber nie zu fragen wagten«, war ein echter Ablachschlager. Sieht man diese Filme Jahrzehnte nach ihrer Entstehung wieder, haben sie vor allem viel Zeitkolorit der späten sechziger und frühen siebziger Jahre zu bieten.

Woody Allen konnte viel mehr, als Regisseur, aber auch als Schauspieler in Filmen, in denen er nicht selbst Regie führte, wie in »Der Strohmann« und in »Play It Again, Sam«, der Hommage an »Casablanca«. Hier spielt Woody Allen einen klumsigen, unsicheren Mann, der cool wie Bogart sein möchte, das überhaupt nicht kann – und am Ende mit seinem linkischen Charme reüssiert. Der grobe deutsche Verleihtitel »Mach's noch einmal, Sam« zeigt den Unterschied zwischen Image und Wirklichkeit. In Deutschland wurde Woody Allen lange auf den eindimensionalen Komiker reduziert, der er nicht ist.

»Annie Hall«, ein Liebesfilm, bekam den deutschen Titel »Der Stadtneurotiker« – und dieser Stadtneurotiker klebte ewig an Woody Allen: Ey kuck mal, der wuselige Intellektuelle und Chaot da, ha ha ha. Solche Missverständnisse können tödlich sein: Das Publikum feiert einen ernsthaften Künstler als »brüllend komisch« oder »zwerchfellerschütternd«, wie das in Deutschland heißt, und wenn es dann erkennt, dass der Mann ganz anders ist, korrigiert es nicht den eigenen Irrtum, sondern nimmt übel und ist beleidigt.

Woody Allen wurde größer und besser, das gilt auch für seine Fehler. Als er Beziehungsdramen im Stile Ingmar Bergmans drehte, produzierte er Schlafpulver auf höchstem Niveau. Grandios und einzigartig ist er, wenn er den schmalen Grat zwischen Komödie und Tragödie hält und minutiös die Welt beschreibt, in der er sich perfekt auskennt: die Welt der bürgerlichen Ehen mit ihrem dünnen Eis. Wie Loriot ein Fachmann ist für das deutsche Bürgertum, das er in präzisen Miniaturen beschreibt, bringt auch Woody Allen sein Milieu immer wieder ganz genau auf den Punkt. In »Bullets over Broadway« erzählt er alles über die monströse Affektiertheit und ganz spezifische himmelschreiende Dummheit, die Schauspielern innewohnt. Das kann nur einer, der jahrzehntelang mit ihnen gearbeitet und sie genau studiert hat.

Eine weitere Quelle seiner Komik ist Woody Allens jüdische Familie, vor allem die Mutter, die den Sohn mit Liebe und Fürsorge vulgo Komplettbevormundung nahezu erstickt. »Take the Rabbi and Mum«, könnte dieser Strang seines Lebens heißen, und er lehrt uns eine Art Anti-Ödipus: Jeder Mann möchte, zumindest in manchen Momenten der Drangsal, seine Mutter erschlagen und mit seinem Vater schlafen – wobei letzteres eher fakultativ ist.

Beschädigt wurde Woody Allens Ansehen durch keinen seiner Filme; dass er aber seine erwachsene Adoptivtochter heiratete, verzieh man ihm nicht. In Deutschland startete *Emma* eine Kampagne gegen ihn und klatschte ein Bild auf den Titel, das Woody Allen mit seiner leiblichen kleinen Tochter beim gemeinsamen Kinobesuch zeigte und en passant eben mal so nahelegte, Allen missbrauche das Kind. Gipfel dieser Kübelei war ein offener Duzbrief der sehr musealen Belästigung Alice Schwarzer, die Woody Allen öffentlich eine Freundschaft kündigte, die es nie gegeben hatte.

Anders als früher ist für mich heute nicht mehr jeder neue Film von Woody Allen Pflicht. Im letzten oder auch im vorletzten – Wie hießen sie noch? Ich hab's vergessen – schlief ich sogar ein. Aber bekanntermaßen bedeutet Schlafen im Kino ja nur, dass man dem Film, also vor allem seinem Regisseur wirklich vertraut. Und dann steckt noch im misslungensten Film von Woody Allen zehnmal mehr Substanz als beispielsweise im Gesamtwerk von Leander Haußmann und anderen hochgejubelten Flachmeiern, deren trübe Witzboldfilme ohne jeden Humor auskommen müssen.

Der Endreimkönig spricht

Eine Verbeugung vor Horst Tomayer

67 Jahre alt wurde Horst Tomayer am 1. November 2005, und er hat eine wilde Vita auf dem Buckel. Aus kleinen Verhältnissen stammend, lernte er in Oberbayern Versicherungskaufmann. Als er danach den Kriegsdienst verweigerte, taten das in der Bundesrepublik pro Jahrgang gerade mal ein einige Hand voll junge Männer. Er war Pflastermaler in Berlin, wo Wolfgang Neuss ihn entdeckte, für den er als Autor, Sekretär und Lebenshelfer arbeitete. Gemeinsam mit Stefan Aust und Henryk M. Broder machte Tomayer die *St. Pauli-Nachrichten*, schrieb für den Funk und wurde zu einer Zeit Kolumnist bei *Konkret*, als Herausgeber Gremliza noch nicht jeden Sektenseppel druckte, wenn der sein Gewürge nur gratis zur Verfügung stellt.

1986 schrieb Tomayer die deutsche Nationalhymne um. Seine Version von Schwarzrotgold beschäftigte die Justiz, zwei Jahre blieb das Buch beschlagnahmt, in dem die dritte Strophe im »Lied der Deutschen« lautet:

»Schleimigkeit und Frust und bleifrei / Für das deutsche Tartanland / Darauf lass uns einen heben / Vorneweg und hinterhand / Schlagstockfrei und Krebs und Gleitcrem / Deutschland, wuchert mit dem Pfund / Kopulier'n im deutschen Stalle / Mutterschaf und Schäferhund.«

Klarer, scharfer Antipatriotismus entspringt ja nicht, wie Nationalisten denunziatorisch behaupten, dem Selbsthass, sondern im Gegenteil einem großmütigen Charakter. Von dem hat Tomayer reichlich. Wenn er in babyzartem a cappella sein »Lied vom Leihmütterlein« singt, brechen die Dämme kapitalistischer Indolenz: »Hast nicht g'soffen, hast nicht g'raucht / Ein dreiviertel Jahr / Warst die beste im Presswehtraining / Und jetzt gibst mich weg wegen bar / Leihmütterlein, Leihmütterlein / Stoß mich nicht fort / Leihmütterlein, Leihmütterlein / Sei doch mein Hort / Bin doch kein Rindfilet / Von sechs, sieben Pfund / Bin dein Kind, das zur Mutter flieht / Windelnass und wund.«

Auf die Melodie der »Moorsoldaten« singt Tomayer sein grandioses »Lied der deutschen Rüstungsarbeiter« in zehn Strophen. Meine liebste geht so: »Dafür haben unsre Väter / Nicht gelitten noch gekämpft / Dass man unsre Forderungen / Wie die Pellkartoffeln dämpft / Ihr Bosse und ihr Kunden / Fünfunddreißig Stunden / Sind genug.«

Horst Tomayer ist mit nichts vergleichbar, er ist ganz eigen. Als Schauspieler wie als Dichter ist er von einer in diesen Berufen ganz seltenen Uneitelkeit und Präzision. Er ist, wie Fritz Tietz einmal sagte, »der weise Mann«. Gemeinsam mit Tietz drehte Tomayer hochkomische Miniaturen für das NDR-Fernsehen, unter anderem ein Stück um die angebliche »SS-Leibwäschestandarte« Adolf Hitlers, das Bernd Eichinger und Bruno Ganz sich besser angesehen hätten – dann hätten sie ihren Führerschleim stecken lassen.

Als Gerhard Henschel heiratete, hielt Tomayer eine Rede. Er sprach anrührend von den Schrecken der pekuniären Armut, warnte das Brautpaar aber flammend und eindrücklich vor dem einzig wahrhaft Tödlichen, dem »Erlöschen der sexuellen Gier«. Die Eltern der Braut kuckten aus der Wäsche wie Leute, die überhaupt nicht mehr wissen, wie ihnen geschieht. Es war gottvoll, kein blöder Affront, sondern der ehrliche, kluge Ratschlag eines lebenserfahrenen Mannes.

Auf der Bühne ist er schier nicht zu halten. Von der vulkanischen Wucht Tomayers zeugt sein Hörbuch »Interessieren Sie sich für Sexualität?« Der Titel ist genial und zielt aufs Ganze – als ob man die Wahl hätte, sich für Sexualität zu interessieren! Tomayer deklamiert »S.O.S. Fellatio« – »das Glied schmeckt nicht selten nach Ellenbogen oder Lineal« –, seine alttestamentarische, heilig zürnende »Fahrraddiebhalsgerichtsordnung« – »Er dankte ihrs mit trocknem Unterstand, korrektem Pneudruck und manch Extraschmätzchen Öl / Da kam der Fahrraddieb und nahm ihm das Juwel« – und gipfelt im großen Poem über die Kanzlerwitwe Brigitte Seebacher-Brandt und ihren Bankier Hilmar Kopper: »Und sie ist schon feucht wie Hakle«, er seinerseits »bollert sie gegen die Birke« und »hackt sie, wie Petersilie / Und wie Schalotten für das Mett« – das ist Klassenkampf, das ist groß. Keiner sonst tut es, keiner sonst kann es so. Tomayer ist einzig, er ist *der* politisch humanistische Endreimdichter.

Der sich nicht selbstgefällig im Olymp zurücklehnt, sondern weiß, dass Klugheit und Sprachmacht zu mehr nütze sein können als bloß zu einer Dichterkarriere, wenn leidenschaftliches Mitgefühl sich zu ihnen gesellt. Ermunternd sagt Tomayer seinen Zuhörern: »Sie haben das Zeug zu mehr als Publikum«; man kann hören, dass er zu richtigen Menschen sprechen will, nicht zu abgerichteten Applausmaschinen. »Mit Ihnen könnte man eine neue Welt bauen«, ruft er – wäre Tomayer der Grundstein, es könnte tatsächlich gehen.

Der Große Grieche und das rosa Hemd

oder: It's Coming home ... it's coming home ... it's coming home!

Lange Zeit war die Planstelle des Großen Griechen in der Welt unbesetzt. In Dashiell Hammetts Meisterroman »Der Malteser Falke« heißt ein Kapitel »Die Hand des Griechen«, weil ebendort Macht und Intrige zusammenfinden. Anthony Quinn, dem als Schauspieler keine Ethnie fremd blieb, gab in der Rolle des Alexis Sorbas den GroGrie, den Großen Griechen. Ihm folgte, realiter, Aristoteles Onassis, milliardenschwerer Reeder und Tröster der Witwe Jackie Kennedy und Träger immerhin noch zentnerschwerer Gewaltbrillen.

Dann kam lange nichts, der Posten verwaiste, blieb vakant aus Mangel an geeigneter Kandidatenschaft. Otto Rehhagels kurzzeitiger Triumph blieb flüchtig; der Steinzeitfußball, mit dem die von ihm trainierte griechische Fußballmannschaft im Jahr 2004 Europameister wurde, verschwand danach in der ihm angemessenen Versenkung.

Im Verborgenen aber reifte ein Mann heran, der das Zeug dazu hat, der Welt den Großen Griechen zurückzugeben, dessen sie so dringend bedarf. Herr S. heißt er, in seinem Ladenlokal in Kreuzberg laufen die Fäden zusammen, hier werden die Strippen gezogen, von hier aus regiert Herr S. die Welt, versorgt jedermann mit bestem Kaffee und vorzüglicher Nahrung, und nichts gibt es, das er nicht in kürzester Frist auftreiben könnte.

Eine astrologische Schnellanalyse für den Herrn? Grippeabweisende Tropfen? Ein Rehrücken? Ein guter Rat für die depressive Dame? Herr S. hat oder besorgt alles, und vorbildlich gleichmütig beherrscht er die Menschen, indem er ihnen dient.

Eines späteren Nachmittags beim Kaffee wies sein sonst so unbedrücktes Gesicht starken Faltenwurf auf. Etwas umwölkte seine Gedanken, und nach längerem höflichen Schweigen sprach er die Sache an. Gern, teilte mir Herr S. mit, trage er rosa Oberhemden, und das seit langem, also schon Jahre, bevor es in Mode kam. Mich habe er ja auch schon des öfteren in einem rosa Hemd gesehen, und so, fuhr er fragend fort, könne ich ihm vielleicht in einer heiklen Angelegenheit einen Rat geben?

Ich nickte stumm und ermunternd, Herr S. eröffnete mir seine Lage. Die Ausgeglichenheit seines Lebens sei in Gefahr, bekannte er. Bereits mehrfach war ihm von verschiedenen Frauen der sonst stets gezollte Respekt verweigert worden, und zwar immer und ausschließlich dann, wenn er ein rosa Oberhemd getragen habe. Er sei sogar – hier verjüngten sich seine Gesichtszüge ins Gequälte – in die Nähe der Homosexualität gerückt worden. Und das alles, schloss Herr S. nicht ohne Erbitterung, weil die rosa Hemden, die er gut und würdig zu tragen wisse und in denen er sich wohl fühle, von Frauen als Indiz für Schwäche und mangelnde Männlichkeit fehlinterpretiert würden.

Was sollte ich dazu sagen? Homosexualität bedeutet mir nichts, sie ist ganz egal, und wem der öffentliche Bohei ums irre schicke Schwulsein zuviel ist, kann ihn ja mit Egon Friedells lustigem Diktum auskontern: »Ich verstehe nicht, wie jemand homosexuell sein kann. Das Normale ist doch schon unangenehm genug.« Auf gar keinen Fall muss man auf den Anwurf des Homosexuellseins so unentspannt reagieren wie Marcel Proust, der sofort ein Duell forderte, wenn er der Homosexualität geziehen wurde. Prousts Satz »Überlassen wir die schönen Frauen den phantasielosen Männern« gab immer wieder Anlass zu dem Spott, Proust habe alle Frauen den Männern überlassen, die er »phantasielos« nannte, weil sie heterosexuell waren. Als Mann von anderen Männern homosexuell genannt zu werden kann kränkend nur für jemanden sein, der es auch tatsächlich ist. Ein selbstbewusster Heterosexueller erkennt im »Der ist doch schwul!«-Geschrei die psychopathologische Beschaffenheit der Schreier.

Bei Herrn S., dem Großen Griechen, lag die Sache anders. Seine Situation war in der Tat misslich: Ihn verdächtigten Frauen, homosexuell zu sein, und sie nahmen ihre Unterstellung zum Anlass, ihn schlecht zu behandeln. Wie garstig! Und das alles auf Grundlage eines rosa Oberhemds – gegen das allenfalls einzuwenden wäre, dass auch die Schleimschnecken Beckmann und Kerner hin und wieder eins tragen. Aber einem Mann daraus den Strick der Homosexualität zu drehen, schien äußerst niederträchtig.

War denn die ganze Angelegenheit so trostfern finster, so tintenschwarz und ohne jeden Lichtblick für Herrn S.? Den Großen Griechen verzweifelt zu sehen jammerte mich. Dann sah ich das Licht. »Klar! Homophobie!«, rief ich. »Homophobie ist Frauensache! Frauen haben ja auch wirklich Grund dazu – jeder Homosexuelle ist ein Mann weniger im potentiellen Fundus, aus dem sie sich bedienen. Von den schrecklichen Schauspielerinnen abgesehen, die sich mit Schwulen schmücken, die dann aber auch sowas von bunt und glitzernd oder tuckig sein müssen, wollen Frauen nicht, dass Männer homosexuell sind. So gesehen ist weibliche Homophobie völlig einleuchtend! Homophobie is Coming home!«

Und dann sang ich, von einem Bein aufs andere hüpfend, immer wieder: »It's Coming home … it's coming home … it's coming home!« Herr S., der mich zunächst mit einer gewissen Entgeisterung betrachtet hatte, stimmte bald zögernd, dann immer energischer ein, und am Ende gelang es uns, zu dieser schönen Melodie gemeinsam einen Sirtaki zu tanzen. Wir beide wussten: Der weibliche Homosexualitätsanwurf war eine Provokation, ein umgedrehtes Kompliment quasi, um die wahre Männlichkeit aus Herrn S. herauszukitzeln. Die Frauen, die ihn scheinbar gekränkt hatten, wollten in Wahrheit ihn, den Großen Griechen, einen richtigen Mann eben – und wenn er das war, dann würden sie ihm sein rosa Hemd mit Freuden vom Leib reißen und später gegebenenfalls sogar waschen und bügeln!

Glücklich, ein Weltwirrsal entwirrt zu haben und mit dem Leben versöhnt, tranken Herr S. und ich noch ein weiteres Tässchen Kaffee. Herr S. dankte mir, und auch ich dankte ihm, dem Großen Griechen. Denn nur im Dialog mit einem Angehörigen eines alten Kulturvolkes lassen sich die Widrigkeiten der Welt in ihre Schranken weisen.

Eiersalat marsch!

Für die *Frankfurter Allgemeine Sonntagszeitung* rief Christian Kracht Mitte Dezember 2005 »Heil Fasten!« Nur eine Woche später machte sich der Pop-Autor ans große Fressen.

Montag, den 19. Dezember

Noch einmal mein »Tagebuch der Entsagungen« in der *FAS* vom 18.12. nachgelesen, dieses »Protokoll einer Erleichterung«, das ich »im milden, verzeihenden Klima des Bodensees« schrieb. Aaah, bin ich großartig, mindestens fast schon Martin Walser. Auch das hier pure Genialität: »8 Uhr 21. Leichte Übelkeit. Bauchgrimmen. Das weitere Schlucken des Glaubersalzes ist nicht so einfach wie noch das erste Glas. 8 Uhr 25. Glaubersalz ausgetrunken. Leichter, chimärenhafter Toilettendrang, der sofort wieder aufhört. 8 Uhr 33. Aufstoßen. 8 Uhr 44. Immer noch nichts. 8 Uhr 50. Soll etwas mehr Glaubersalz bestellt werden? Es funktioniert anscheinend nicht richtig. 9 Uhr 04. Erster Ausschub. Blitzartig.«

Blitzartig, o ja, blitzkriegartig kam die Brühe durch den Darm. Geschenkt. Jetzt wird gefressen. Richtig fett gefressen. Heil fasten! ist vorbei, nun geht es ans Mästen. Bringt mehr herbei, die paar Brocken füllen nicht! Gefüllten Schweinebauch mit Semmelknödeln. Drei Portionen. Aber hallo. Mein Name ist Kracht, Christian Kracht. Ab 8 Uhr 33 wird aufgestoßen. Barps. Oder Börps?

Dienstag, den 20. Dezember

Elsässische Choucroute. Die Würste nach den Speckseiten geworfen. Dann alles verputzt. Fleisch, anderthalb Kilo, dazu Kartoffelpürree, wunderbar vollgebuttert. Champagnerkraut. Das treibt. Toilettendrang, ich will Toilettendrang! Starke Flatulanz, Ausschub langsam und qualvoll.

Mittwoch, den 21. Dezember

Mit Käsefondue die Verdauung stillgelegt. Wie Flüssigbeton, Estrich für den Bauch. Alles dicht, jetzt wird von oben nachgeschoben. Gänsestopfleber. Rahmwirsing. Kalbskopfstrudel. Speckpfannkuchen. Schmalzgebackene Apfelküchle. Dann auf die Waage. Erfolg auf der ganzen Linie. Die ist weg. Ha! Lege mich unter ein Plaid. Zu schwer, schnürt mir den Bauch ab. Weg mit dem Drecksplaid. Mehr essen. Ich muss mehr essen. Viel mehr. Angst vor Hungerödemen.

Donnerstag, den 22. Dezember

Der Koch versteht mich. Großer Mann. Der Herr der Fernfahrerteller. Hasst die Nouvelle Cuisine. Und die Nouvelle Vague. Und die *Vogue* mit den Magersuchtmodels. Grässlich. Die Bedienung ist besser. Stämmig. Wuchtig. Wie die Portionen, die sie mir bringt. Gans mit Maronen gefüllt, Speckrotkraut, Grammelknödel, also Schmalzgrieben. Komplett unverdaulich. Großartig. Klar, dass sowas nur aus Österreich kommen kann. Die Deutschen können das nicht mehr. Das haben alles die Nazis kaputtgemacht. Hunger. Ich habe so einen Hunger. Nach Leben. Und noch viel mehr nach Leberwurst. Im Traum allen alles weggegessen. Herrliches Gefühl. Sie heulten, ich nicht.

Freitag, den 23. Dezember

Schlimme Nacht. Sechs Stunden ohne Nahrung. Wie in Asien. Ich musste weg aus Asien. Endlich wieder richtig essen, wie bei Mutter. Mutter, o ja: Mutterkuchen. Und fränkische Woscht. A weng Woscht geht immer, das habe ich in dieser Woche gelernt. Nie wieder Salem. Brennen muss Salem. Oder Dahlem. Und Harlem sowieso. Und ich muss essen. Saumägen, Topfenpalatschinken, alles. Zum Frühstück Schweizer Wurstsalat. Wo ist die Mayonnaise? Es ist ein Skandal! Ohne Mayonneese / ist doch alles Keese. Christoph Keese. Auch so ein Angstfaster aus der schönen neuen Springer-Welt. Kein Wunder. Isst nichts. Spachtelt nicht. Kriegt nichts runter, die Mineralwasserflasche. Aber ich! Wo bleibt der Nachtisch? Will man sich über mich lustig machen? Mich, Christian Kracht? Den zarten Saitling? Mir ist ein bisschen schwer ums Gemüt.

Samstag, den 24. Dezember

Zeitung gelesen. Ein Wildecker Herzbube speckt ab. 60 Kilo schon. Geh weg, du Wildecker Herzbube! Du dünnlicher Spargel! Du Verräter am Fleischkäse, am Klops, am kalten Kotelett, an der Brägenwurst. Aus meinen Fettaugen, du Sack! Und Kuttelwürste zu mir! Eiersalat marsch! Kapaun mit Gänseleber- und Gummibärenfüllung. Frittierte Käsekroketten. Mascarponecreme mit Schokoladenkrokant und Nougatmus. Käsecreme mit frittierten Nusskrapfen. Mehr …

An dieser Stelle endet das Tagebuch von Christian Kracht. Der Autor, so »camp« wie ein Pfadfinderlager, war schlicht geplatzt. Die Beisetzung fand im Feuilleton der *Frankfurter Allgemeinen Zeitung* statt.

Wie Alfred Biolek und die Deutsche Bahn einmal Afrikas Hungerproblem lösten

SIE NERVTEN MAL WIEDER: Biolek und die Bahn, die schlüssigste Verbindung seit Pest und Cholera, Hanni und Nanni, Skylla und Charybdis und Nina in Mike.

Auf der Papierunterlage im Speisewagen der Bahn war erneut Alfred Bioleks Gesicht abgebildet, zur Sicherheit sogar zweimal, einmal davon mit Holzlöffel vorm Auge, also quasi mit einem Brett vorm Kopf. Ein kleiner Begleittext erklärte Sinn und Zweck: »Genießen & Gutes tun: Unterstützen Sie die Alfred-Biolek-Stiftung ›Hilfe für Afrika‹. NEUE REZEPTE! Das neue Kochbuch von Alfred Biolek. Ab sofort in allen Rossmann-Filialen zu kaufen! 19,90 Euro inklusive 5-Euro-Spende an die Alfred-Biolek-Stiftung ›Hilfe für Afrika‹. Alfred Biolek exklusiv bei der Deutschen Bahn. Wir servieren Ihnen NEUE REZEPTE und spenden für jedes bestellte Alfred-Biolek-Gericht 50 Cent an die Alfred-Biolek-Stiftung ›Hilfe für Afrika‹. Helfen Sie uns zu helfen! Die Bahn.«

In ganzen acht Zeilen nur sechsmal der Name Alfred Biolek – der Mann scheint müde geworden, bescheiden und dezent. Dennoch bleiben Fragen über Fragen: Was ist ein »Alfred-Biolek-Gericht«? Und wieso gehen für jedes »bestellte« Alfred-Biolek-Gericht 50 Cent an die Alfred-Biolek-Stiftung »Hilfe für Afrika«? Weil man das Alfred-Biolek-Gericht bestellen, aber auf gar keinen Fall essen soll? Und wie ist im Zusammenhang mit Alfred Biolek und der Bahn das Wort »exklusiv« zu verstehen? Bedeutet es: exklusiv wie ein Briefkasten? Wie eine Autobahn? Wie eine altgediente Schmunzelmuffe?

Als »Alfred-Biolek-Gerichte« wurden eine »Linsen-

Spinat-Suppe mit Brot und Brötchen« für vier Euro 20 und ein »Wildgulasch mit Feigen, dazu Bandnudeln und ein kleiner Salat« für zwölf Euro 90 angeboten. Wild? Welches Wild genau? Geschenkt. Und einmal angeherrscht werden gab es auch noch gratis dazu: »Genießen Sie ein leckeres Essen und helfen Sie!«

So geht das also, und keiner darf sich wundern, denn Gutsein ist nun einmal gut, tuut tuut tuut. Der große F. K. Waechter wusste es schon früh und spottete: »Hungerproblem endlich gelöst – Einfach mehr spachteln!«

Alfred Biolek inszeniert die Bahn-Mikrowellen-Küche als angeblichen »Genuss« und lobpreist das Herabschlingen von Mist als Maßnahme gegen den Hunger. Das kostet nichts und gibt Goodwill-PR in Millionenhöhe. Es mag auch ein klein wenig an mir liegen, aber für Dr. Alfred Biolek finde ich Wildgulasch mit Ohrfeigen irgendwie passender.

Montagsdemo auf dem Mars

Am 4. Oktober 2005 meldeten die Nachrichtenagenturen, dass die US-Raumfahrtbehörde Nasa tags zuvor auf dem Mars vier bislang namenlose Felsbrocken getauft hatte. Die dicken Steine in der Marsregion »Husband Hill« heißen seitdem »Maueröffnung«, »Montagsdemo«, »Nikolaikirche« und »Wiedervereinigung«. Das ist kein Scherz, sondern die lautere Wahrheit – die Nasa wollte damit die Beteiligung deutscher Wissenschaftler an einer Marsmission würdigen, denn das Institut für Anorganische und Analytische Chemie der Mainzer Johannes-Gutenberg-Universität hatte ein Spektrometer entwickelt, das bei der Nasa-Mission im Jahr 2004 auf dem Mars Vorkommen von eisenhaltigem Gestein untersuchte und Hinweise darauf fand, dass der rote Planet früher vermutlich mit Wasser bedeckt war.

Für die Nasa ist das Benamen von Steinen im All Routine. Schon mancher Materiebrocken wurde aus Ruhe, Anonymität und entsprechend gemütlicher Privatsphäre herausgerissen und muss statt dessen »Independence« oder »Edmund Hillary« heißen – oder darf, als Geschenk an die Franzosen zu ihrem Nationalfeiertag, den klangvollen Namen »Voltaire« tragen. Die Deutschen bekamen zum 15. Jahrestag ihrer Einheit analog, was ihnen und der Sache ästhetisch zukommt: »Maueröffnung«, »Montagsdemo«, »Nikolaikirche« und »Wiedervereinigung«. Der schwarzrotgoldene Nationalkitsch ist da angekommen, wo er immer hingehörte, auf dem Mars. Will aber der Mars das wirklich haben? Oder bringt Mars auch diese verbrauchte Energie sofort zurück?

So richtig jammerschade ist, dass nur vier Mars-Kluten wiedervereinigungsdeutsche Namen bekamen. Ein gnubbelig-glatziger Klumpen, der »Rainer Eppelmann« hieße, stünde dem Mars sicher auch gut zu Gesicht, und ein trauriges galaktisches Abraumtrumm namens »Lutz Rathenow« leuchtete mindestens ebenso ein. Könnte die Nasa hier nicht bitte nachlegen?

Ein die Tränen in die Augen schießen lassendes, schrecklich bemaltes Gesteinsbröckchen könnte »Bärbel Bohley« heißen, ein unaufhörlich jaulender und schnäuzerdeutscher Klumpatsch hörte naturgemäß auf den Namen »Wolf Biermann«. Ein Geröllstück mit gewaltigen Ohren hieße schlicht und markig »Genscher«, ein jabbelnder Kiesel ginge als »Freya Klier« oder als »Monika Maron« durch, Marskrater hießen »Runder Tisch«, »Demokratischer Aufbruch«, »Egon Krenz« und »Hans Modrow«. Fusselige, fransige Geröllkameraden wären mit »Markus Meckel«, »Günter Noocke« und »Wolfgang Thierse« gut dabei, ein denkmalgroßer Gesteinshaufen hieße wahlweise »Alexander Schalck-Golodkowsky« oder »Jürgen Fuchs«.

Alles, was an der DDR am allerpeinlichsten war, wäre unter sich und angemessen weit entfernt von der wirklichen Wirklichkeit: auf dem Mars, durch ein deutsches Spektrometer beobachtet von amerikanischen Wissenschaftlern, auf die hiermit das Glas erhoben sei. Und über all dem leuchtete, sternschnuppenhaft und strahlend, ein klares, helles Gestirn – der Dichterplanet Peter Hacks, nach dessen Tod am 28. August 2003 der Kollege Rayk Wieland schrieb: »Auf glüht ein Stern in der Galaxis – / Kann sein, dass das die Glut von Hacks ist.«

Geschafft: Eintänzer in der Fischbratküche

Berlin hatte Popkomm im Endstadium. Kollegen, die aus beruflichen Gründen anwesend sein mussten, bedauerten sich schon Wochen vorher: »Bah, all diese ekligen Dummrumsteher, die Professionalitätsdarsteller, und wie die reden, mit diesem Englisch für Kranke, aaah.« So tönte es aus manch gutem Mann, und wer es vermochte, mied den peinigenden Auftrieb der Tim-Renner-Sorte Mensch.

In Mecklenburg schimmerte die Welt im Zustand völliger Ereignislosigkeit. Hin und wieder zwar ruckte der eine oder andere eckige Kanute über den See, aber in erster Linie war Sabbat. Im Fallada-Museum in Carwitz stieg der ehemalige Leiter der Anstalt, Manfred Kuhnke, in die Bütt und stellte sein jüngstes Buch vor: Erinnerungen an, wie es hieß, »seine Pasewalker Zeit«, klassenfahrtsanekdotengesättigt und exakt der Stoff, aus dem die Lehrerträume sind. Wer fließend »meines Erachtens« und »hochinteressant« sagen kann, wird auch an diesem Pasewalk on the Wild Side seine Freude haben.

Geräusch gab es so gut wie keines, allein der Rasenmäher sang in der Nachbarschaft mehrfach sein schrappiges Lied. Schwieg dieses akustische De-Sade-Programm, wurden die Tage mit Schlaf, Lektüre, Schwimmen im See und dem Aufessen von Pflaumenkuchen kompetent vertrödelt. Vorbildlich menschenleere, leider aber auch pilzarme Wälder ließen sich bereitwillig durchzockeln, am Abend bot der Mecklenburger Wild in landesüblich gewaltigen Quantitäten an, reichte Bier oder briet Fisch.

Plötzlich aber zuckte Ehrgeiz auf im Feldberger. Die »1. Feldberger Kneipen- und Musikmeile« wurde aus dem Boden gestampft: In gleich acht Gaststätten der kleinen

Stadt wurde Livemusik geboten, gegen die einmalige Zahlung von fünf Euro konnte der willige Mensch das alles bekucken. Im Hotel »Deutsches Haus« brachten zwei Halunken mit dem Namen »Country Brüder« zusammen etwa 17 Promille und entsprechendes Liedgut auf die Bühne und nöddelten »Hallo, guten Morgen, Deutschland«. Eiligkeit fuhr uns in die Füße.

Doch wurde alles gut in der »Fischgaststätte Asmuss«, wo in den letzten Jahren schon mancher schicke Fisch in mich hinübergewandert war. Hier spielte das Trio Fieldmountain um den Bassisten Reiner »Charlie« Stöhring und ließ alle Popkommhaftigkeit von Feldberg abfallen. »Kling-Klang« von Keimzeit ertönte, auch Lindenbergs großer Satz »Ich geh mit dir durch dick und dünn, aber nicht durch dick und doof«, und dann wurde ein Traum wahr: Wenn Verwandte mich als Siebzehnjährigen mit der Frage genervt hatten, was ich denn einmal »beruflich machen«, respektive also »werden« wolle, hatte ich pubertärpampig, und wie ich hoffe, angemessen provokativ, zur Antwort gegeben: »Eintänzer in der Fischbratküche!«

In der »Fischgaststätte Asmuss« in Feldberg, zur Musik von Reiner »Charlie« Stöhring und Fieldmountain, wurde ich es: Eintänzer in der Fischbratküche. Zu den Klängen des dampfenden Rock 'n' Roll schwang ich meinen wuchtigen Leib und den zarten Körper der Süßen hin und her, bis auch andere der pulsierenden Rhythmik der Band nicht mehr widerstanden. Ausgepumpt und glücklich ließ ich mir eine Feldberger Fischsuppe geben und schickte in Gedanken einen Gruß nach Berlin: Pop, komm du mir na' Hause!

Wird Kai Diekmann geköpft?

Warum der Mensch einen Kopf haben muss, ist oft weder ersichtlich noch nachvollziehbar. Kevin Kurányi und Lukas Podolski haben einen Kopf als Halsverschluss, damit es nicht hineinregnet. Manchmal können sie den Kopf auch hinter einen Fußball bringen, ihn ins Tor befördern und dann jubeln. Ansonsten tun sie sich und der Welt jedesmal einen großen Gefallen, wenn sie ihn fest geschlossen halten.

Sabine Christiansen trägt ihren Kopf für einen guten Zweck: Kosmetikchirurgen und Frisöre entgehen so der Brotlosigkeit. Alice Schwarzers Kopf gibt immerhin einer Hutmacherin Arbeit, Günther Jauch und Peter Hahne haben ihre Schleimköpfe, um »Du bist Deutschland« zu predigen: »Behandle dein Land wie einen guten Freund. Kritisiere ihn nicht, unterstütze ihn.« Atta atta pomm.

Die Antwort auf die Frage, wie aggressiv doof man eigentlich sein darf in Deutschland, fällt positiv aus: so sehr es einem gefällt. Heiner Pudelkos altes Interzonen-Diktum – »Jeder gute Deutsche hat einen großen Mund zum Bierfassen und Jasagen« – reicht längst nicht mehr aus; die Landsleute wissen mit ihren Köpfen noch weit Unangenehmeres anzufangen als kampftrinken und kollektivbrüllen.

Wozu hat Kai Diekmann einen Kopf? Der *Bild*-Chefredakteur tut viel für die Haargel herstellende Industrie; sein täglicher Verbrauch an feuchtem Glibber sichert mehrere Arbeitsplätze. Auch notleidenden Designerbrillenbauern greift Diekmann unter die Arme, und wenn der Medienredakteur der *FAZ* seine Seite nicht vollbekommt, springt Diekmann ebenfalls altruistisch ein und lässt jede Menge Eigenweihrauch aufsteigen. *Bild*, durfte der kopfgefettete

Spitzen-, ja Top-Journalist den Lesern der *FAZ* erklären, sei die letzte Bastion journalistischer Unabhängigkeit und die einzig verbliebene Barrikade des Klassenkampfs. Im Gegenzug belobhudelt Diekmann in *Bild* die Bücher des *FAZ*-Herausgebers Frank Schirrmacher.

Auch Werbekampagnen für *Bild* wirken wie direkt aus Kai Diekmanns Kopf in die Welt entlassen. So fordern beispielsweise Schurkenlobbyisten aller Art auf Plakaten »Entmachtet *Bild*!«, denn *Bild* kämpft für Gerechtigkeit, weltweit. Und stellte deshalb am 29. 11. 2005 auf Seite eins die Suggestivfrage: »Wird sie geköpft?« Bei der mit »sie« Bezeichneten handelte es sich um die Archäologin Susanne Osthoff, die im Irak entführt worden war. Ihre Entführer konnten ihren Medienerfolg im World Wide Web betrachten und durften sich bestätigt und angefeuert fühlen. Verantwortlich dafür, juristisch und persönlich, ist *Bild*-Chefredakteur Kai Diekmann. Er spielte nur mal eben so mit dem Leben einer Geisel. Einem wie ihm in den Arm zu fallen wäre kein Akt der Zensur. Im Gegenteil: Erst ein Land, in dem solche Schlagzeilen und Titelseiten bei Strafandrohung untersagt sind, hätte ein Recht, zivilisiert genannt zu werden.

Dass Kai Diekmann einen Kopf hat, um damit anderer Leute Körperflüssigkeiten in die Welt zu spritzen, war hinlänglich bekannt. Dass er sich zum Herrn über Leben und Tod macht, ist eine neue Qualität. Hier begibt sich Diekmann auf das Terrain des Alten Testaments. Wollte man dieser Schrift folgen, gäbe es nur eine Antwort: Kai Diekmann entführen. Ihm kein Haar krümmen. Aber ihn so lange festhalten, bis *Bild* auf Seite eins sein Foto bringt, mit der Überschrift: »Wird er geköpft? Und, wenn ja: Macht das einen wahrnehmbaren Unterschied?« Dann darf Kai Diekmann gehen, entlassen in den Morast seines Lebens.

Zucht und Schwung durch Reinigung

Die erste Enzyklika von Benedikt Ratzinger ist der Liebe gewidmet

Nach einem Dreivierteljahr im Amt entließ Papst Benedikt XVI., vormals Joseph Ratzinger, Ende Januar 2006 sein erstes Rundschreiben (lateinisch: Enzyklika) in die Welt. Thema des obersten Katholiken ist die Liebe. Erwartbare Spekulationen darüber, ob einer, der im Zölibat lebt, überhaupt genug davon verstehe, um sich ergiebig äußern zu können, sind uninteressant beziehungsweise Ministrantensache.

Der Papst ist ein belesener Mann. Er zitiert Vergil, Descartes und Nietzsche, und er scheint es auch gut zu meinen mit den Menschen, denen er Hirte sein will. »Die höchste Seligkeit« gönnt er uns, die wahre, die wahrhafte Liebe, und er ist gebildet genug, um zu wissen, dass in entfremdeten Verhältnissen, in denen alles, also vor allem auch die Liebe, eine Ware ist, kein Glück zu haben ist.

Leider aber ist der Papst, und das macht ihn als Denker sehr dürftig, kein Suchender. Die Ergebnisse seiner Forschungen stehen im Gegenteil immer schon vorher fest. Das ist so langweilig wie unseriös. Bräsig und aufgeschäumt formuliert er: »Reinigungen und Reifungen sind nötig, die auch über die Straße des Verzichts führen«, knallt mit der Peitsche der »Zucht« herum und behauptet ohne Begründung, »Quelle der Liebe« könne der Mensch ausschließlich werden, wenn er selbst »aus der ersten, ursprünglichen Quelle« trinke, »bei Jesus Christus, aus dessen geöffnetem Herzen die Liebe Gottes selber entströmt«.

Von der zwanghaften, unappetitlichen Blutsäuferrhetorik abgesehen: Klar, warum nicht bei Jesus die Liebe suchen? Abgefuckter als eine Internet-Partnerbörse ist der

Tempelkrempel auch nicht. Ausgerechnet die schmallippige Herzjesuküsserei aber als allein Seligkeit offerierenden Weg zu Liebe, Glück und Göttlichkeit festzuschreiben ist eine armselige Romanze in oll: Der Papst, mag er noch so auf poppig machen, hat am Ende doch immer nur die alte katholisch-dogmatische Drangsal auf der Pfanne.

Es gibt nichts Schöneres und Größeres als die Liebe. Was sie ist und wie man sie lebt, davon weiß der Papst wenig, spielt sich aber als Kenner auf, bietet einen einzigen, als trostfern verlässlich diskreditierten Weg an und erklärt alles andere für minderwertig. Das mag zu seinen Pflichten als katholischer Vorstandsvorsitzender gehören, hilfreich ist es nicht.

Dass man sich auf der Suche verirren kann, ist Teil des Lebens. Leuchtfeuer sind deshalb unverzichtbar; der Papst aber ist nur ein Freibeuter, der Reisende in die Falle lockt, um sie anschließend auszuplündern. Lieber halte ich mich an einen Mann, der das Wesen der Liebe kannte und adäquat beschrieb – Peter Hacks. Dies ist die Schlussstrophe seines Gedichts »Als mein Mädchen zu Besuch kam«:

> Diese Nacht war von den Nächten,
> Wo der Mensch die Liebe spürt,
> Wo die Knoten sich entflechten,
> Die man ihm ums Herz geschnürt,
> Als mein Mädchen zu Besuch kam,
> Unerwartet wie ein Lied,
> Und wo ich sie auf das Tuch nahm,
> Das mein Bette überzieht.

»Wo die Knoten sich entflechten, / Die man ihm ums Herz geschnürt«: In diesen zwei Zeilen sind mehr Weisheit und Liebe als in 80 Seiten päpstlichen Enzyklikentums.

Fünf Franken und das Rätsel um die Finnen Erster Klasse

Die Finnen waren hackedicht. Es war zwei Uhr mittags, der verspätete ICE aus München bewegte sich zögernd Richtung Berlin, und die beiden Finnen am Nebentisch im Speisewagen waren blitzeblau. Sie waren Ende 30 und trugen teure Freizeitkleidung, der eine war füllig, ein dunkler Haarkranz rahmte eine Badekappenglatze ein, unter der ein glattes, jungenhaftes Gesicht den Betrachter über das Wesen seines Besitzers zu täuschen versuchte. Der Mann sah freundlich aus, hatte aber überhaupt keine Zeit, es zu sein. Er hatte zu tun: Vor sich hatte er drei Gläser stehen, zwei größere, von denen eins mit Rotwein und das andere mit Bier gefüllt war, und ein kleines, das eine farblose, durchsichtige Flüssigkeit enthielt, bei der es sich nicht um Wasser handelte. Neben den Gläsern lag ein Mobiltelefon.

Sein Gegenüber war schlank, gesichtszerknittert und hatte volles Haar in der Farbe verwaschener beige-brauner Socken. Seine Haut war so stumpf, als sei sie mit Sand abgestrahlt worden. Vor ihm stand das gleiche Dreihandherrengedeck. Beide sprachen den Getränken mit einer Munterkeit zu, an der nichts Leichtes oder Heiteres war, obwohl sie beide andauernd lachten, einander ihre Fahrkarten zeigten und »First Class! First Class!« riefen. Trinken ist kein Vergnügen, Betrunkenwerden ist schwere Arbeit.

Badekappes Telefon gab ein Gurgeln von sich. Er schnappte sich seine Kleinelektronik, schrie hinein und blieb sitzen. Er war nicht absichtlich unhöflich, er wollte nur nicht fort aus dem Speisewagen, denn allein hier war sein Nachschub gesichert. Wann immer eines seiner Gläser halb leer war, rief er voller Angst nach der Kellnerin. Er rief oft, eigentlich rief er die ganze Zeit.

Der sockenhaarfarbene Finne war stiller, aber nicht minder durstig, auch er orderte in hoher Schlagzahl nach. Wenn der Zug schlingernd ruckelte, griff er schützend nach seinen Gläsern und hielt sie fest, ganz zart, als seien sie Babys. Er brauchte, was in den Gläsern war, kein Tropfen durfte verloren gehen.

Drei Frauen und zwei Männer betraten den Waggon und quetschten sich an einen Vierertisch. Sie hatten Mühe damit, jeder der fünf hatte ein Hinterteil, das kein Riese hätte umspannen können. Sie waren hörbar aus Franken, und sie sprachen über die Anziehungskraft zwischen Männern und Frauen, die in Franken aber »Errroodigg« heißt. Genau das muss man sich dort wohl auch darunter vorstellen.

Es ist eine Lüge, dass es im Zentrum des Orkans still sei. Die Franken errroodierten, Badekappe brüllte, so ging es die ganze Zeit, nie würde es aufhören. Auch Sockenhaars Telefon sonderte nun Geräusch ab; er nahm eine Art Haltung an und züngelte in Rudimentärenglisch hinein: »Yes. Very good. We'll be right there. Five o'clock. In the meeting. Straight from the hotel.«

Straight war schön gesagt; am Berliner Ostbahnhof krabbelten die beiden First-Class-Finnen aus dem Zug, fünf fränkische Gewalthintern folgten ihnen. Ich sagte meiner Chronistenpflicht adieu. Mit wem aber zwei finnische Koryphäen auf dem Fachgebiet der Promille an diesem Nachmittag noch geschäftlich zusammentrafen und was dabei besprochen wurde, das hätte ich doch gern gewusst.

Es ist nicht leicht, so grün zu sein

Manfred Krug im Konzert

Wer und was war und ist Manfred Krug? In der DDR höchst populärer Jazzsänger, großer DEFA-Schauspieler, in der Bundesrepublik im Vorabendfernsehen als Lastwagen-Fahrer »Auf Achse«, auch »Liebling Kreuzberg« sowie »Tatort«-Kommissar, auch Werbemodel für Ausgeburten wie die T-Aktie, die Berliner Sparkasse und untrinkbares Schultheiß-Bier. Aber auch wieder Sänger, von Till Brönner noch einmal flott gemacht und auf die Bühne zurückgekehrt.

Pünktlich ist er. Um 20.01 Uhr steht er im Kammermusiksaal der Berliner Philharmonie, im weißen Oberhemd mit langem, dunklem Schlips, Glatze und Bauch. Er sieht aus wie ein Schwiegervater, ein bisschen Kumpel, ein bisschen Bär. »Jazzin' the Blues – Manfred Krug liest und s(w)ingt« heißt der Abend, für Jazz und Blues sind vor allem die Sängerin Uschi Brüning und ihre fünf Musiker zuständig. Nach einem kurzen Einleitungsduett mit Brüning verlässt Krug die Bühne wieder, und die Band legt mit »Son of a Preacher Man« los. Man begreift, warum Ulrich Plenzdorf in seinen »Neuen Leiden des jungen W.« Uschi Brüning hymnisch feierte: Die Frau hat einen Schmelz in der Stimme, den man physisch erfassen möchte. Wenn der Sound im ollen Saal nur nicht so arg gedämpft klänge, grummel.

Es folgt »Auserwählt«, mit einem Text von Krug: »Deine Liebe ist alles, was fehlt, oh wie hat mich die eine Nacht im Mai so beseelt«. »Black Coffee and Cigarettes« kommt schön schwarz und kratzend, und dann »Compare to What«, eine von Uschi Brünings ewigen Glanznummern, die sie sonst mit ihrem Mann, dem Saxophonisten Ernst-Ludwig Petrowsky, und der Band *Enfant* scharf und knallig von der Bühne haut.

Die Krug-Begleitband spielt verhaltener und gefälliger, aber bei »Compare to What« wird der großartige Wolfgang »Zicke« Schneider zu dem Ganzkörpertrommler, als den man ihn bei seinen Auftritten mit *Enfant* verehrt. Schneider treibt und macht Dampf und lässt die Stöcke rollen, es wird Musik. Der Set endet mit Brünings Lied »Dein Name«, 30 Jahre ist die Jazzliebesballade alt, in der DDR hieß das »Schlager«, hatte aber nichts mit dem gleichnamigen Zeug gemein, mit dem Dieter Thomas Heck die Bundesbürger foltern durfte.

Die Band geht von der Bühne, Krug kommt zurück, »für 'ne Ostzonenband doch gar nicht schlecht«, flachst er und lobt das Publikum fürs Dasein, »trotz des Wetters, der schwierigen Zeiten, trotz Weihnachten und Geldknappheit«. Er liest einige Kapitel aus seiner Autobiographie »Mein schönes Leben«, die zwar kein richtiger Knaller sei, die er aber »mutterseelenallein« geschrieben habe, denn Schauspieler hätten irgendwann die Nase voll von schlechten Texten, schon Nestroy und Shakespeare hätten es so gehalten – »und jetzt ich.«

Das ist der öffentliche Manfred Krug: eine gut dosierte Mischung aus Bescheidenheit und Selbstbewusstsein, sich den Grenzen des Erlaubten nähernd, auch mal mit ihnen spielend, sie aber nie verletzend. Wenn man ihm bei der Arbeit zusieht und zuhört, ahnt man sein Talent zum schönen, leichten Leben. Charmant ist er sowieso. Es ist etwas Kindliches an Krug, in seiner Stimme und in seinen Texten. Mit hörbarer Freude rezitiert er alberne Verse aus seiner Kindheit: »Ich lieg im Bett / mit der Janett, / der Arsch ist noch nicht warm: / Fliegeralarm.« Dem Publikum macht das gute Laune, wie auch das Lied, das Krug von seiner Oma lernte, die er »die schönste und zärtlichste Frau meines Lebens« nennt: »Es geht alles vorüber, / es geht alles vorbei. / Im April stirbt der Führer / und im Mai die Partei.« Nach 90 Minuten ist die erste Halbzeit vorbei. Die Schlangen an der Bar sind so lang wie früher in Ostberlin, wenn es Bananen gab.

Der zweite Teil ist dem Sänger Krug vorbehalten. Das Lied von Kermit, dem Frosch aus der »Sesamstraße«, singt er in eigener Übersetzung: »Es ist nicht leicht, so grün zu sein.« Am besten ist Krug, wenn er diese leichten, swingenden Liebeslieder singt, getragen mehr von seinem sympathischen Mut zum Gesang als von technischer Perfektion. »Dieses Lied und dieser Ton und auch ich selbst gehören dir«, das kauft man ihm sofort ab. »Mach's gut, ich muss geh'n« ist ein Duett mit Krug als Altsack, der ein junges Mädchen bezirzt, doch bei ihm zu bleiben. »Was hab' ich im Glas?«, fragt Brüning als Mädchen. »Von allem ein bisschen was«, antwortet Krug als schmutziger Kerl. Der Humor ist harmlos und ein bisschen verstaubt, aber das darf er sein fürs ältere, kultivierte Publikum.

Krug erzählt von Louis Armstrongs Besuch in Ostberlin, »keine Ahnung, womit sie ihn bezahlt haben, mit Luchsfellen aus Sibirien oder mit Blüthner-Flügeln«, spricht über die Tücken der DDR-Musikproduktion, »immer gab es zu wenig Pressmasse, Pressmasse gab es nur für die Schwerpunktplatten wie von Gisela May, aber nicht für ›Niemand liebt dich so wie ich‹«, und über seine ehemaligen Kollegen von den *Jazzoptimisten* sagt er: »Die sind heute alle Ärzte oder Professoren – die haben nicht durchgehalten.«

Manfred Krug ist beim Jazz geblieben. Stahlkocher wie sein Vater wollte er nicht werden. Kein Wunder: Stahl schmeckt nicht, wozu ihn also kochen? Dann doch lieber Sänger sein, Schauspieler, Entertainer, Autor, und mit klasse Musikern auf die Bühne gehen. Krug ist klug, das gefällt ihm, und sein Publikum freut es auch. Nur »Leise rieselt der Schnee« muss er wirklich nicht singen.

Christin Christa und die Löwen

WAS HABEN JOSEPH RATZINGER und ich gemeinsam? Beide tragen wir gutes Schuhwerk, beide schreiben wir Bücher, und beide glauben wir nicht an Gott. Das war es dann aber auch schon – Ratzinger, der seit dem 19. April 2005 den Papstbonus für sich hat, möchte, ich zitiere seine Antrittsrede, als »einfacher demütiger Arbeiter im Weinberg des Herrn« durchgehen. So ein Unsinn, und schade eigentlich, dass Ratzinger seinen neuen Job mit einer Lüge beginnt. Er kann aber wohl nicht anders, die Gewohnheit hat ihre Macht.

Fünf Jahre vor seiner Inthronisation erschien Ratzingers Buch »Gott und die Welt«. Ratzinger ließ sich vom Verlag als »einen der größten christlichen Gelehrten seit Thomas von Aquin« und als »Führer des Weltkatholizismus« feiern. Ein »einfacher, demütiger Arbeiter« – was immer Unangenehmes das sein soll – operiert anders. Hatte Ratzinger bei seiner päpstlichen Jungfernrede vielleicht den Weinberg mit dem Weinkeller des Herrn verwechselt?

Nein, und das wäre ja auch zu schön. Fast 25 Jahre lang war Ratzinger Präfekt der Kongregation für die Glaubenslehre, ein Wächter über die Reinheit der katholischen Lehre, ein Linienpolizist und Spitz-pass-auf. Seine Verpapstung rief auch Christa Nickels auf den Plan. Die bündnisgrüne Christin findet Ratzinger ganz, ganz schlimm, denn Ratzinger verdirbt Frau Nickels den Spaß am Gläubischsein. Bei Ministranten sind traditionell die Vertreter der Kirche von hinten gefürchtet – aufgeklärte Erwachsene schlägt man mit Kirche von unten in die Flucht. Die Steigerung des Christen ist der kritische Christ: Anstatt den Kirchenunfug einfach liegen zu lassen, heult der Besserchrist sich über die Kirchenführung aus. Problematisch ist aber nicht Ratzinger oder ein anderer Kirchenführer, sondern jeder, der um den Preis seines Kopfes unbedingt glauben will. Wer Christa Nickels zuhört, ahnt, warum es Löwen gibt.

Als Agnostiker war ich erleichtert, dass endlich ein Papst gewählt wurde – eben weil das Vollgepapstetwerden damit ein Ende hatte. Ohne einen Hauch von Barmherzigkeit und Gnade nutzten die Katholiken die günstige Gelegenheit, den größten Werbefeldzug ihrer jüngeren Geschichte durchzuziehen. Der Vatikanfirma Stellvertreter & Co. kann man das nicht ankreiden; dass aber sämtliche Medien zu Werbeträgern und Wirtstieren eines parasitären Katholizismus konvertierten, machte die Angelegenheit so penetrant und ermüdend. Kostenfrei und rund um die Uhr wurde die Werbung für die Marke Katholizismus gesendet, gedruckt und in den Äther georgelt, distanzlos wurden Strategie und Propaganda des Urbi-et-Orbi-Konzerns übernommen. Und hinterher jammern dieselben Leute: Oje, alles für den Ratz!

»Wir sind Papst!«, orgelte *Bild* am 116. Geburtstag Adolf Hitlers in dicken Lettern – auf der Internetseite des Blattes für Blut, Sperma und Nationalismus fand sich unter der Meldung von der Papstwerdung der Deutschen die Ankündigung: »Seite-1-Girl: Ich zeig dir meine Airbags.« Da hatte die »Diktatur des Relativismus«, die Ratzinger auch als Benedikt XVI. anprangern wird, mal den Richtigen erwischt. Was aber das christliche Luftkissenboot Christa Nickels dazu sagte, ist gnädigerweise nicht übermittelt.

Via Roma, Ecke Vietata l'Affissione

Der Himmel über Palermo gab alles, was man an Blau verlangen kann – und damit Anlass, das schöne Lied »O Himmel strahlende Rasur« anzustimmen, das mir als Kind so gut gefiel, bis man mich säuerlich daraufhinwies, dass es »O Himmel strahlender Azur« heiße. Das sagte mir aber nichts, und die strahlende Rasur gefällt mir bis heute viel besser. Missverständnisse sind lustiger, geheimnisvoller und magischer als das so genannte Richtige, das man eingebläut bekommt, damit man sich nicht seinen eigenen Reim auf die Welt machen soll.

In fremden Sprachen fallen die Schnitzer um vieles leichter – und häufig umso schwerer ins Gewicht. Nachdem man bei einer kleinen Runde durch Palermo das Wort »Orologeria« auffallend häufig und auffallend groß angezeigt sah, wundert man sich doch ein bisschen, warum es gerade hier so überdurchschnittlich viele Urologen gibt. Wenn die Urologen auch noch Uhren verkauften, käme es sogar hin.

Tückisch auch ist in lateinischen Ländern das Schlingern zwischen den verschiedenen romanischen Sprachen, die einem eher rudimentär-speisekartenhaft vertraut sind. Nicht selten hört man ein freundlich gemeintes »Molto gracias«, und beim Betrachten des Post- und Telegrafenamtes in Palermo, einem Bau in schauderhaft naziartig hingeprotztem Neoklassizismus, empört sich der humanistisch gebildete Reisende, dieser »blöde Klotz« sei doch »hundertprozentig unter Franco« gebaut worden, »aber hundertprozentig!« Es dauert ein bisschen, bis der Schäumende sich in einen Schämenden wandelt und sich vergegenwärtigt, wo er gerade unterwegs ist.

Aufregend ist es, Verabredungen in der Landessprache zu treffen. Am Abend um acht an derselben Ecke? Wunderbar. Zur Sicherheit schrieb ich mir die Straßennamen auf, Via Roma und Vietata l'Affissione, und beackerte ein paar Stunden weiter das Pflaster. In der Cattedrale besuchte ich das Grab Friedrichs, der so klug war, Deutschland von Sizilien aus zu regieren, hielt vergeblich Ausschau nach eleganten Betonschuhen, die ich daheim gern en gros verschenkt hätte, rettete im Botanischen Garten einem handtellergroßen Kaninchen das Leben, indem ich eine schöne, große, schwarze Katze davon überzeugte, dass »das Recht des Stärkeren« eine primitive, schäbige, historisch erledigte und ihrer also ganz unwürdige Zwangsvorstellung sei, kehrte ins Hotel zurück, gönnte mir eine himmelstrahlende Rasur und machte mich auf den Weg zu meinem Stelldichein.

Über all dem Flanieren hatte ich den Ort des Treffens vergessen – egal, ich hatte ja die Adresse notiert. Die Via Roma in Palermo ist sehr, sehr lang – wo fand ich die Vietata l'Affissione? Im Stadtplan war sie nicht aufzutreiben. Ich rakte meinen Mut und mein profundes Pidgin-Italienisch zusammen und bat Passanten um Auskunft. Vietata l'Affissione? Sie sahen mich ungläubig an. Ein älterer, höflicher Herr klärte mich endlich auf. Vietata l'Affissione steht an vielen Straßenecken und heißt: Plakatieren verboten. Eine Straße dieses Namens gibt es in Palermo also ziemlich häufig, aber man kann ja auch einmal alleine zu Abend essen und aus dem Langenscheidt bestellen: »Alla nonna piacciono i licori dolci« – alle Nonnen sind friedlich, wenn man sie mit Likör erdolcht.

Kurzwaschformel P bleibt P

Der Sommeranzug sah nicht mehr ganz taufrisch aus, ich trug ihn in die Reinigung. Es war heller Mittag, ich hatte bereits Zeitung gelesen, und so war der beim Aufwachen noch glockenhelle, glasklare Kopf schon entsprechend zugegrützt. Ich reichte den Anzug über die Ladentheke und fragte, ob ich meinen Kopf gleich mit abgeben könne. Die aus Afghanistan stammende Frau hinterm Tresen studierte interessiert die aushängende Preisliste, wurde nicht fündig und verneinte mit freundlichem Bedauern: »Leider keine Köpfe. Machen wir nicht.«

Schade, dachte ich, und ging ein paar Meter weiter, zur Drogerie, denn das Waschmittel zuhause war ausgegangen, und wo andere gewaltige Butterberge abzutragen hatten oder bei der Tour de France Bergetappen meistern mussten, da hatte ich immerhin einen kleinen Wäscheberg zu bezwingen. Ich suchte und fand das Waschmittelregal; vor lauter angebotenen Reinigungsprodukten verfinsterte sich mein Kopf vollends. Auch in dieser Filiale des Konsumismus wurde ich vor die sinnlosesten Entscheidungsqualen gestellt. Solle ich Plunder eins oder Plunder zwei oder Plunder sieben nehmen? Ich erinnerte mich, dass der letzte Waschmitteleinkauf mich ähnlich überfordert hatte, aber zu welcher Sorte ich dann, in purer Verzweiflung, gegriffen hatte, fiel mir nicht mehr ein.

Eine Kundin, die mein Elend offenbar mitangesehen, mit lukrativer ARD-Schleichwerbung aber sichtlich nicht das Geringste zu tun hatte, sagte leutselig: »Nehmense Persil. Da weiß man, was man hat.« Als sie meine desparate Miene bemerkte, sprach sie mir erneut gut zu: »Na, wissense doch: Persil bleibt Persil.« Ausgerechnet dieser höllische Satz schien ihr große Sicherheit zu geben. Sie hatte eine Entscheidung fürs Leben getroffen und schien von ihrer Richtigkeit überzeugt. Ich dankte ihr und folgte ihrem Rat. Auf der Packung las ich: »Persil Megaperls« – war das jetzt richtig? Fragend sah ich die Frau an – sie nickte aufmunternd. Ich las weiter: »Neu – verbesserte Rezeptur – Mit KurzwaschFormel«. Wollte ich das? Das Lächeln meiner Waschmittelberaterin sagte ja. Ich ergab mich, griff zu, zahlte und ging.

Zuhause riss ich die Packung auf – und fand obenauf einen »Freizeit-Gutschein«. Was war jetzt das? »Mehr Freizeit-Spaß mit Persil«, las ich, »Die große Freizeit-Gutschein-Aktion von Persil, für Freizeitparks, CDs, Bücher, Kinos und mehr …« Wenn man einmal lesen gelernt hat, liest man automatisch alles, und so las ich auch dieses: »Die schönste Zeit ist immer noch die Freizeit.« Schon wieder eine Hürde, schon wieder ein Meer von Fragen: War Freizeit nicht die Zeit, in der Menschen sich unwürdig bekleidet, in Schlappen, Kurz- oder Trainingshosen und Schlabberhemden durchs Leben schleppten? Und weshalb war das dann »die schönste Zeit«? Und wieso »immer noch«?

Es war noch nicht das Ende, ich las weiter: »Deshalb« (weil nämlich die Freizeit immer noch die schönste Zeit war) »können Sie aus unserem Freizeitangebot Ihren Favoriten auswählen.« Dann war der fakultative Teil beendet, der Tonfall wurde kasernig: »Lösen Sie den Freizeitgutschein ein und erhalten Sie bei einem der Partner eine Ermäßigung bis zu 4 Euro. Wählen Sie aus: Freizeitparks: Holiday Park; Warner Bros. Movie World; Bobbejaanland; Freizeit-Land Geiselwind; Belantis; Space Center; Kinos: CineStar; Ufa; Online-Shop: bol.de (Bücher, CDs und mehr).«

Ich erfuhr noch, dass die Freizeitparks wahlweise »herrlich«, »spannend« und »faszinierend« waren, jeweils »zu den beliebtesten« ihrer Art zählten und »jede Menge Spaß und Action« boten. Dann brauchte mein Kopf dringend einen guten Schuss Licht und Klarheit. Ich wurde zuverlässig fündig bei Peter Hacks, der im Dezember 2000 notiert hatte: »Das Problem der gegenwärtigen Propaganda ist, daß man dem Imperialismus, der mehr Grund zu Vorwürfen bietet als jede Gesellschaftsform sonst, gar nichts vorwerfen kann: weil es ihm gelungen ist, den Leuten alle Kriterien für recht und unrecht, wahr und falsch, schön und häßlich aus den Hirnen zu waschen. Nichts gilt mehr, und wie argumentieren, wo nichts gilt? Das Waschmittel ist der Positivismus, die Wäscherei das Fernsehen.«

Einen Fernsehkasten habe ich zwar nicht, und mein Waschmittel fängt mit P auch bloß an, endet aber nicht auf ositivismus. Das ist auch gar nicht nötig. Einen gründlichen Gehirnwusch bekommen Sie hier an jeder Ecke, sogar mit Ermäßigung, bis zu vier Euro.

Deutschland

Ein Weihnachtsmarkt

DEN DEUTSCHEN beim Deutschsein zuzukucken stimmt seltsam. Klug, elegant, lässig, stilvoll und charmant will das einfach nicht aussehen. Ganz im Gegenteil. Im Westen, Osten, Süden, Norden / Die Deutschen sind debil geworden. Was für Städte, was für Bewohner: Potsdam, Berlin, Hannover, *taz zwei* singt von Dutschkes Pullover. Geht es … – nein, es geht nicht noch doofer.

An der Porta Westfalica, nahe Minden, steht ungeschleift das Kaiser-Wilhelm-Denkmal, 1892 bis 1896 erbaut und heute nicht nur Ausflugsziel für unsere in Reisebussen durchs Land marodierende Geriatrie, sondern auch für den Neonazi-Nachwuchs. Kein Wunder: Wilhelm hebt ganz prächtig den rechten Arm – irgendetwas haben sie in diesem Land damit. Wenn nichts mehr geht, rechter Arm geht immer. Wenn ein deutscher Kaiser bebt / Und sein rechter Arm sich hebt, / Was wird uns so angezeigt?: / »Ich bin's, der es hier vergeigt!«? / Wie der Dummheitspegel steigt? / Das Gehirn in toto streikt?

Wo immer man auch aus dem Zug steigt im deutschen Herbst, fällt man in einen Weihnachtsmarkt. Alle Weihnachtsmärkte sehen gleich aus, und alle riechen sie gleich. Wozu über Asbest und Feinstaub lamentieren, solange es Weihnachtsmärkte gibt? Hemmungslos bebratwursten sich die Landsleute und glühweinen einander die Mantelkragen nass. Eine Patina aus Pansch-Punsch und antikem Bratfett klatscht sich aufs Antlitz der Welt und lässt es leuchten. Schlafsackartig daunenbejackt wandelt die Weihnachtsmarktbesucherschaft und zeigt: Es gibt die Gummizelle jetzt auch zum Anziehen.

Ihre Bewohner brummkreiseln, Zuckerwatte und Würzfleisch aus Vorkriegsbeständen gleichzeitig und happi-happi-lecker in sich hineinzwängend, von Bretterbude zu Bretterbude. Ihre Herzen sind aus Lebkuchen und lügen nie. »Mutti's Bester« hat einer sich vor die wattierte Kalbskopfbrust gehängt. Von all der weihnachtsmarktlichen Lebensfreude ist ihm ein wenig blümerant geworden. Kraftvoll stößt er auf, den stieren Blick vage an ein fernes Ziel geheftet, das allein ihm bekannt ist, wenn überhaupt. Rülpst er noch, oder erbricht er schon? Was des Menschen Sinne plagt, / Heißt in Deutschland Weihnachtsmarkt.

Wenn ausnahmsweise kein Weihnachtsmarkt, kein Winzer- oder Kiezfest ist, werden die Buden fortgeräumt und verstellen nicht länger den Blick auf die herrlichen Städte, die sie zuvor verbargen und die auch ohne Weihnachtsmärkte ganz identisch aussehen. Die Städte haben nichts zu verlieren als ihre Drogerie- und Buchhandelsketten, Discounterkinos, Schnellgiftmischereien und Parfümerien; letztere kombinieren ihre Düfte auf das Hinreißendste.

Unbewohnbar ist das alles längst, die mit Hochglanzramsch vollgeknotteten Arkaden taugen zum Viehdurchtrieb, und willig lässt das Vieh sich hindurch treiben. Die häufig geäußerte Wahrnehmung, es gebe stetig mehr Verrückte, berührt nur die Oberfläche. Im Gegenteil: Das, was normal genannt wird, galoppiert auf Ecstasy.

Stadtplanung ist Sadismus im Überbau, Architektur wird als Strafe verstanden und ist auch so gemeint. Das Architekturbüro Bin Laden & Partner könnte hier viel Gutes tun, gerade in Deutschland, dem Weihnachtsmarkt, abgekürzt: WM.

Phantomsoldaten

Die Beleidigten aller Fraktionen feiern Dauerkarneval. Deutsche Restlinke, hoffnungslos kitschig verknallt in Palästinenser und ihre Tücher, werfen sich ganz mutig in die Brust und sagen: Wir kritisieren die Politik Israels, das ist gerade für uns als Deutsche sehr wichtig, denn weil Deutsche früher Juden ermordeten, müssen wir heute sehr genau aufpassen, was die Israelis tun. Und leider feststellen: Die Israelis sind die Nazis von heute. Richtig glücklich sind diese Deutschen, wenn sie einen Juden finden, der sie bestätigt und bekräftigt. Für mutige deutsche Antisemiten gibt es keinen schöneren Kronzeugen als einen jüdischen, hinter dem sie sich verstecken können: Der Mann ist Jude! Und sagt es selbst, was von den Juden zu halten ist. Ha!

Es gibt für Deutsche sechs Millionen Gründe, sich Israel gegenüber belehrender Kommentare und staatsanwaltsartig vorgetragener Anklagen zu enthalten. Manche Deutsche aber stellen ihren Mangel an Takt und Feingefühl als politischen Mut aus und fühlen sich von politischer Korrektheit umzingelt und verfolgt. So dass am Ende wieder alles stimmt: Das eigentliche Opfer ist immer der Deutsche.

Dieses Prinzip greift auch andersherum. Philosemiten, die sich ähnlich taktlos Israel als Freunde und Helfer andienen und mit guten Ratschlägen gleichfalls nicht geizen, sehen sich quasi stellvertretend bedroht. Wie sich der deutsche Antisemit mit den palästinensischen Habenichtsen identifiziert, so identifiziert sich sein Pendant, der deutsche Philosemit, mit den israelischen Opfern palästinensischer Mörder und Selbstmordattentäter. So kann man, selbst gänzlich unbedroht, ein unglaublich tapferes Leben führen und sich dafür ganz prima auf die Schulter hauen.

Ohne den Wahn, verfolgt zu werden, macht solchen Phantomsoldaten das Leben keinen Spaß. Ähnlich verhält es sich auch mit dem Beleidigtwerden und dem anschließenden Beleidigtsein; das muss wohl der höchste Lustgewinn sein. Ausschließlich dafür schafft sich der Mensch patriotische oder religiöse Gefühle an: damit er behaupten kann, sie wären verletzt worden und er habe geradezu heiligen guten Grund, ganz schlimm beleidigt und wütend zu sein. Dies gilt für stumpfe Islamisten / Genauso wie für deutsche Christen.

Von Peter Scholl-Latour beispielsweise wusste man bisher zwar einiges; in *Bild* entblößte der alte Kriegsschauplatzwart am 2. Februar 2006 überraschenderweise auch noch einen Glauben. Den Abdruck einiger Mohammed-Karikaturen in einer dänischen Tageszeitung und die anschließenden organisierten Protestaufzüge aufgebrachter Muslime kommentierte er mit dem Bekenntnis: »Als gläubiger Katholik sage ich: Wenn man im Fernsehen oder in der Zeitung die christliche Religion derart verhohnepipelt, schockiert mich das auch zutiefst.« Ohne »zutiefst« scheint gar nichts mehr zu gehen in der religiös aufgerüsteten Welt. Ob Christ oder Muslim, Hauptsache zutiefst: zutiefst beleidigt, zutiefst schockiert, zutiefst unentspannt.

»Respekt vor der Religion!« forderte Scholl-Latour; das ist so überzeugend wie das »Ey Alta, Respekt ey!«, das Halbwüchsige gern von sich geben. Man kann Wahnvorstellungen ignorieren oder sanft tolerieren, man kann den Wahnsinnigen gut zureden und sie, so sie unter sich bleiben, ihre ulkigen Rituale verrichten lassen – kurz: Man kann großzügig sein. Und was machen die Wahnsinnigen? Sie verstehen alles falsch und brüllen: »Respekt!«

Inhalt